FIVE SECONDS LEFT UNTIL
NANA STIRS UP TROUBLE.
ナナがやらかす五秒前
白石定規 イラスト92M

ナナ（森永奈々）
私モテモテになりたい！
シノ（浅海紫乃）
考えるの面倒だったの
ユカ（天城結花）
あん？　てめえ何見てんだよ、オイ

CHARACTER

FIVE SECONDS LEFT UNTIL
NANA STIRS UP TROUBLE.

魔王を待ち受けていたのは、
終わりのない地獄のような時間。
動かないで
な、ななななななななな
何をするのじゃおぬしら！
やめ、やめんかっ！

声がえっちだったね
お。魔王っぽいじゃん。
キマってんなぁ

何このコメント！　おもしろーい
でもちょっとキモいかも。あははははっ！
いきなり流れた長文は相当に目立ったらしい。花鉢ツバキだけでなく、コメント欄に流れる文字列もシノの長文コメントに対するリアクションで溢れた。

ただの荒らしだよ!!
COMMENT
COMMENT
COMMENT
なかなかのインパクトを残せたと自負があるわ

CONTENTS

FIVE SECONDS LEFT UNTIL
NANA STIRS UP TROUBLE.

ナナがやらかす五秒前

FIVE SECONDS LEFT UNTIL
NANA STIRS UP TROUBLE.

白石定規　イラスト92M

第一章 ＊ 肉は叩かれると美味くなる

家庭科室に三人の女子がいた。

「ねえ、肉って叩《たた》かれると柔《やわ》らかくなるって言うじゃん？」

その中の一人、ナナは極《きわ》めて真剣《しんけん》な顔で語る。「というわけで今日は肉の気持ちになって叩かれまくってみたいと思うんだけど、どうかな」

何言ってんだこいつ。

「馬鹿《ばか》なの？」

なのでユカは端的《たんてき》に言い表していた。

「ふふふ、ユカち、私のことをコケにしてられるのも今のうちだよ！　硬《かた》い女子、柔らかい女子、同じ女子でも柔らかい子のほうがモテるに決まってるんだから！」

「時と場合によるだろ」

「ま、細かいことはいいから！　とりあえず私のこと叩いてよユカち」

「友達になんてこと頼《たの》んでんだお前」

「えー！　お願い叩いて叩いて！　私モテモテになりたい！」

「そんなことでモテモテになってたまるか‼」

突《つ》っ込《こ》むユカ。

なんかそういうデータとかエビデンスあるんですか？

ナナの提案《ていあん》に馬鹿馬鹿しいと首を振るユカ。

しかしナナはここぞとばかりにむふんと胸《むね》を張《は》った。

「ふふふ、甘《あま》いねユカち。ぜんっぜんリサーチが足りてないね。私がただの思いつきでこんなことを言っていると思ってるの？」

「お前が考えて発言したこと今までに一度でもあったか？」

「それではまずはこちらのグラフをご覧《らん》ください」

がらがらがら。

どこからともなくホワイトボードを引っ張り出してくるナナ。

『叩かれてどうなりましたか？』

というタイトルの下に記されているのは円グラフ。

すちゃ、とメガネを装備しつつ指揮棒《しきぼう》でぺちぺち叩きながらナナは自信満々《じしんまんまん》な様子で語る。

「えー、アンケートの結果はご覧の通り。柔らかくなったが80パーセント、しょんぼりしたけど最終的には柔らかくなったが10パーセント、その他だけどなんやかんやあって柔らかくなったが残りの10パーセント」

極端《きょくたん》すぎる結果がそこには記されていた。

なんか平日昼間にやってる通販番組みてぇだなと思いながらもユカは「ふーん」と相槌《あいづち》をうつ。

「結局全部柔らかくなっててんじゃん」

「そう！　ユカ先生よくお気づきで！」

「誰が先生だ」

「人の肉ってね……叩かれると柔らかくなるんだよ。私のおばあちゃんも私に肩《かた》叩きされたら喜《よろこ》んでくれるし」

「肩こりがほぐれてるだけじゃないか……？」

「ところで効果的に肩を柔らかくするにはどうしたらいいと思いますか？　はい、ユカ先生」

「湿布《しっぷ》でも貼《は》ってろよ」

「正解！　叩くことが一番効果的なんです！」

「話聞けやお前!!」

「ともかく肉は叩くと柔らかくなる——これは当然の道理《どうり》なんですよユカ先生」

がらがらがら。

ホワイトボードを撤収《てっしゅう》しつつメガネを外すナナ。

「というわけで、叩かれることの有用性《ゆうようせい》が科学的に検証《けんしょう》されたところで、ユカち、私を叩いてくれるよね？」

「あたし暴力《ぼうりょく》とか嫌《きら》いだからやだ」

首を振るユカ。

しかしナナはぬるりと距離《きょり》を詰《つ》めて、ユカの手を握《にぎ》る。

仕草《しぐさ》はまるで誘惑《ゆうわく》する美女のよう。

「やるならできれば服の下とかにしてね……？」

そして言葉は完全にただのマゾだった。「目立つところを叩かれるとＤＶと勘違《かんちが》いされちゃうから……」

「殴《なぐ》らねえって言ってんだろ!!」

「あとお腹周《なかまわ》りはあんまり叩かないでほしいな。私ちょっと弱点だから。それと背中《せなか》もやめてね。なぜなら弱点だから。それとお尻《しり》のあたりもだめ。なぜならここも弱点だから」

「注文多いな!!」

あと弱点だらけじゃねえか。

「以上のことを踏《ふ》まえたうえで、さあどうぞ！」

若干斜《じゃっかんなな》め上。ユカのほうに顔を向けたのちにナナは瞳《ひとみ》を閉じた。

なぜか瞳を閉じた。

「んっ」

そして何故《なぜ》だか唇《くちびる》を少し窄《すぼ》めていた。

なんでこいつキス待ちしてんの？

ユカは普通にイラついた。

そしてイラついた結果、叩くこともキスをすることもしなかった。当然の道理。

「女の子に恥《はじ》をかかせるなんて……ユカち最低！」

「あたしも一応女の子なんだけど」

「もうユカちじゃ埒《らち》があかないね」

はあー、がっかり。やれやれ。

首を振りながら肩をすくめるナナだった。

「お願いシノちゃん！　ユカちの代わりになって！」

家庭科室の隅《すみ》っこのほうで本を読んでいたシノは顔を上げた。

「要するにナナを叩けばいいのね」

ぱたんと読んでいた本を閉じるシノ。『自動車整備マニュアル』。こんなところで何読んでんだよと思ったが口をつぐんだユカだった。

「うん！　お願い、やってみて！」

「分かったわ」

すっ――。

シノはナナの耳元に近寄り囁《ささや》いた。

「ばか。ＩＱ一桁《ひとけた》くらいしかなさそう。頭の中身がサファリパーク」

「そういう叩かれ方じゃない！」

「叩くってこういう意味じゃないの」

「違《ちが》うよ、物理的《ぶつりてき》なほう！　分かるでしょ？　こういうやつ」

えいえい、とナナがシノのお腹の辺《あた》りに握りこぶしを当てる。

ふにふにと音が聞こえてきそうなくらいに柔らかいパンチだった。

「なるほど」

そしてそのやりとりでシノはすべてを理解した。

頭脳明晰《ずのうめいせき》、才気煥発《さいきかんぱつ》、焼肉定食《やきにくていしょく》。それらの言葉はシノのためにあるといっても過言《かごん》ではない。

そして理解したと同時にシノは行動に移した。

「こう？」

スパァン！

ナナの頬《ほお》を激《はげ》しい平手打《ひらてう》ちが襲《おそ》った。

「ぴゃああああああああああああっ⁉」

シノは加減《かげん》が利《き》かなかった。

「シノちゃんちょっと違う！」

「ごめんなさい」

自らの過《あやま》ちを即座《そくざ》に認めて謝《あやま》る。これもまたシノを天才《てんさい》たらしめる所以《ゆえん》であった。

「でもちょっとほっぺた柔らかくなったかも……！」

ひりひりする頬。

痛みを抑《おさ》えるように撫《な》でながらも若干感動したナナだった。

「ひょっとしたらもっと叩いてもらったら……やわやわボディは私のもの……？」

そしてナナは頭が悪かった。

「やわやわになる前にお前の体がボロボロになる未来が見えるけど」ため息をつくユカ。

「お願いシノちゃん！　効果的に全身のお肉を叩けるような……そんなマシンを作って！」

「あほか」

そんなんできるわけないじゃん、とユカは軽くナナの頭を小突《こづ》く。

二日後のことである。

「作ったわ」

シノは効果的に肉が叩けるマシンを持参《じさん》してきた。

ちなみに見た目がアイアン・メイデンだった。

こいつら揃《そろ》ってバカだとユカは思った。

「すごい！　ビジュアルもかわいいー！」

美的感覚《びてきかんかく》イカれてんのか？

「ふふ。実は見た目に一番こだわったの」

美的感覚イカれてんのか？

「じゃあ早速《さっそく》、使ってみるね！」

ナナは肉を柔らかくするマシンに乗り込む。「私、やわやわボディの女の子になるんだ……」

その目は希望に満ちていた。

アイアン・メイデンは中世《ちゅうせい》ヨーロッパで使用されていた拷問器具《ごうもんきぐ》。

巨大なこけしのような形をした開閉式の鉄《てつ》の器具であり、中には人が収まるようにできている。

中世ではこの空洞《くうどう》となった中身に向けて棘《とげ》が四方《しほう》から生《は》えており、アイアン・メイデンを閉じると全身を刺《さ》され苦痛《くつう》を味わう仕組みになっていた。

シノが用意した肉を柔らかくするマシンは棘の代わりにころころするローラーが四方八方《しほうはっぽう》に用意されている。

スイッチを入れるとローラーがそれぞれ往復運動を繰り返し全身をまあまあな勢《いきお》いで叩く仕組みになっている。

要するに規模《きぼ》がでかいだけのマッサージ機じゃんとユカは思った。

「ていうかこれ顔見えないじゃん」

アイアン・メイデンの顔部分をこんこんと叩きながらユカ。中から「すごーい！」と呑気《のんき》な声が聞こえた。

「大丈夫《だいじょうぶ》」

ぱかりと顔の部分をオープンするシノ。

開閉式になってるらしい。

「開くんだ」

「叩かれてる顔が見たいもの」

「お前怖《こわ》いよ……」

一方で肉を柔らかくする機械に格納《かくのう》されたナナは既《すで》に「へへへ……」と期待に満ちた顔をしている。

そしてそんなナナをさらに悦《よろこ》ばせるために、シノは機械のスイッチを押した。

▽

異世界《いせかい》の魔王城《まおうじょう》に二人の魔族がいた。

「側近《そっきん》、側近！　おるかー？」

一人は玉座《ぎょくざ》に腰掛《こしか》ける若き魔王《まおう》。少女のような外見《がいけん》をしていた。

「はっ！　ここに」

そしてもう一人は翼《つばさ》が生えた壮年紳士《そうねんしんし》。側近。

ばさっ！　と翼を無駄《むだ》に広げながら側近は玉座の前で跪《ひざまず》く。

側近の羽根《はね》が散らかると掃除《そうじ》が大変なのでできればやめさせてほしいと城のメイドから苦情《くじょう》がきていたことを魔王は思い出した。

でも面倒臭《めんどうくさ》かったので「ま、今度でいいや」で魔王は済《す》ませた。

それはさておき魔王は語る。

「わらわちょっと今から異世界行ってくるんだけど、ちょっと留守番《るすばん》頼める？」

「そんなコンビニ行ってくるわみたいなテンションで申されましても」

急に何をおっしゃるのですか、と側近。

「わらわな、前から別の世界というものに興味《きょうみ》があってな、最近色々調べてたんじゃよ」

「はあ」

「そしたらわらわ、異世界の人間の意識を一時的に乗っ取る方法を見つけたのじゃ！」

「さすが魔王様」

「魔王たるわらわとしては、他の世界への進出も志《こころざ》すべきだと思うのじゃよ」

「ワールドワイドということですな」

「うむ！」

わーるどわいどって何じゃ？

魔王は最近、女性幹部《じょせいかんぶ》たちから「側近が会話の端々《はしばし》でいちいち横文字を使ってきてウザいから注意してほしい」という苦情が届いていたことを思い出した。

…………。

ま、今度でいいや。

「しかし、他世界への侵略《しんりゃく》を思い付かれるとは、さすがは魔王様。お目が高い」

「じゃろー？　もっと褒《ほ》めていいよ」

「ところで魔王様、その異世界、というのは一体どのようなところなのでしょうか」

「うむ。よくぞ聞いてくれた！」

魔王は深く頷《うなず》き、足を組む。「曰《いわ》く、わらわが今から行こうとしている異世界は、地球《ちきゅう》、と呼ばれているらしい」

「ちきゅう、ですか」側近は太ももに話しかけていた。

「うむ！　地球には魔力というものが存在せず、ただの人類しかおらんそうじゃ」

「その程度の世界なのですか。であれば魔王様の手腕《しゅわん》があれば一日もかからず制圧《せいあつ》できますな」

「ふははは！　間違《まちが》いなくそうじゃろうな」

頷く魔王。

自信満々。

しかしながら一日で制圧を終わらせる気はなかった。

「一応、今日は初めてじゃし、とりあえず偵察《ていさつ》だけ行ってこようかなと思うのじゃ」

「なるほど……！　さすがは魔王様。慎重《しんちょう》ですな」

側近はイエスマンだった。

「というわけで偵察から帰るまでの間、おぬしは魔王の業務《ぎょうむ》を代行《だいこう》するのじゃ」

「はっ！　魔王様の仰《おお》せのままに」

ばさぁっ！

側近は羽根を散らかしてから去っていった。

「ククク……、久々《ひさびさ》に面白《おもしろ》いことになりそうじゃのう……」

一人呟《つぶや》きながら魔王はそこで呪文《じゅもん》を唱《とな》える。

異世界。

地球。

魔王がそれから意識を乗っ取ったのは、その世界の極東《きょくとう》に位置する島国——日本《にほん》において、田舎《いなか》でもなければ都会《とかい》でもない町、織上町《おりかみちょう》で暮《く》らす、とある女子高生だった。

名前はナナ。

柔らかい肉に憧《あこが》れるごく普通の女子高生であった。

▽

（……何じゃ？　体が、動かん、じゃと……？）

意識を乗っ取ったとき、最初に感じた違和感《いわかん》がそれだった。

両手、両足が動かない。

まるで石になったかのように、あるいは上から押さえつけられているかのように、直立《ちょくりつ》の姿勢《しせい》のまま。

（失敗《しっぱい》か……？　いや、わらわの呪文は完璧《かんぺき》だったはずじゃ……）

何が起こっているのか分からない。

魔王は訝《いぶか》しみながらも顔を上げた。

そこにいたのはおおよそ十代半ばと思《おぼ》しき女子生徒、二人。

「スイッチ入れたけど中どうなってんの？」

一人は金色《きんいろ》の髪《かみ》を頭の後ろ一つに結《むす》んでいる女子生徒。制服を着崩《きくず》しておりどことなく不真面目《ふまじめ》そうな印象《いんしょう》がある。

「もうちょっとしたら動き出す」

もう一人はメガネをかけた黒髪《くろかみ》の生徒。視線はこちらを向いているがその顔に特に感情らしきものが見当たらない。

魔王はよく分からないがひとまずこの二人から屈服《くっぷく》させてやろうと思った。

「ククク……、おぬしら、わらわの前にひれ伏《ふ》すがいい……！」

そうして手を伸ばそうとしたところでそういえば両手両足がまったく動かないことを思い出した。

魔王は記憶力《きおくりょく》が鳥レベルだった。

「……あの、わらわの身体、今どうなっとるんじゃ……？」

視線を落とす。

直後——がこん、と重い音が鳴り響く。

なんじゃなんじゃ何事じゃと慌《あわ》てふためく魔王。しかし身体は動かない。顔を上下左右に振るなかで彼女は自身が鉄の箱《はこ》に収められていることに気がついた。

「……なるほど、わらわが意識を乗っ取ると知って、先手《せんて》を打ってわらわを拘束《こうそく》しようというのじゃな？　ククク……姑息《こそく》な人間どもめ」

「シノ、こいつに何か変なものでも食わせた？」『ナナがおかしいのは元から」

ナナの豹変《ひょうへん》をさらりとスルーするユカとシノ。

魔王は全身に力を込める。

「ククク……どうやらわらわの真の力を見せるときがきたようじゃな……！　覚悟《かくご》せい、人間ども！　はあああああああっ！」

しかし魔王の真の力が発揮されることはなかった。

ごりごりごり、と機械が魔王の肩、腰《こし》、太もも、ふくらはぎ、足の裏を叩き始める。

「な、何じゃこれは……！　ひっ、やめっ……！　おぬしら！　これは一体何じゃ――――！」

異次元の痛みが魔王を襲う。

「めっちゃ痛そう」「全身の凝《こ》りをほぐす優《すぐ》れ物《もの》」

やっぱただのマッサージ機じゃん……とユカはつぶやいた。

その最中も地獄《じごく》のような苦しみがナナの体を乗っ取った魔王を襲う。

痛みから逃れようともがく度《たび》に追い討《う》ちをかけるように容赦《ようしゃ》ない叩きが機械から繰《く》り出される。

「あ、あっ……！　はわっ……！」

ごりごりごりごり。

異世界への侵略の第一歩として行ったリサーチ。

その先に待っていたのは、終わりのない苦しみだった。

「ぴゃあああああああああああああああああああっ！」

魔王の悲鳴《ひめい》が家庭科室にこだまする。

こうして魔王による初の異世界侵略は歴史的大敗《たいはい》として幕《まく》を下ろした。

▽

翌日《よくじつ》のこと。

「なんかよく分かんないけど身体の疲《つか》れがすっきりしちゃったー！」

えへへ、と上機嫌《じょうきげん》なナナ。

そのあとに続くかたちでユカが家庭科室の扉をくぐる。

「よかったじゃん」

何故《なぜ》か肉を柔らかくする機械に入れたあとのことは覚えていないらしいが、まあこいつ普段《ふだん》から変なやつだしどうでもいいかとユカは勝手に納得した。

細かすぎるところは気にしない。突っ込みすぎると疲れるから。

「遅《おそ》かったわね」

シノが二人に気づいて顔をあげる。ナナとユカより一足先に来ていたらしい。

今日は昆虫図鑑《こんちゅうずかん》を読んでいた。

……細かすぎるところは気にしない。

「でも昨日《きのう》いっぱい叩かれたはずなんだけど、なんだか体は柔らかくならなかったなぁ」

うーん、と首をかしげるナナ。

お腹や太もも、どこを触《さわ》っても別にやわやわになった感じはない。

何で？

「おかしいなぁ……アンケートでは確かに叩かれると柔らかくなるって言ってたのに」

「それどこ情報なの」

ユカが尋《たず》ねると、ナナはここぞとばかりにホワイトボードをがらがらがら。

「ここ情報！」

ぺちん！　と雑な円グラフを叩く。

『叩かれてどうなりましたか？』

という質問に対して、柔らかくなったが80パーセント。

しょんぼりしたけど最終的には柔らかくなったが10パーセント。

その他だけどなんやかんやあって柔らかくなったが残りの10パーセント。

などなど。昨日も見たものだ。

「これナナが考えたやつじゃないの」

「ん、違うよー？」

てっきりその場のノリで作ったものなんじゃないかとユカは思っていたが、ナナはさらりと首を振りつつ、「ほら！」とスマートフォンを印籠《いんろう》のように掲《かか》げる。

動画が再生されていた。

『こちらが叩かれた人たちにとったアンケートです』

報道番組のような作りの動画だった。

テレビ離《ばな》れの昨今《さっこん》、動画でお勉強をしようという趣旨《しゅし》のチャンネルは多い。

画面に映った真面目そうな女性は、ナナが用意したグラフとまったく同じものを指差しながら淡々《たんたん》と語っていた。

『ご覧の通り叩かれると人は柔らかくなる傾向《けいこう》にあるようですね』

などと。

「ね？」とナナ。「だからお肉は叩くと柔らかくなるのです」

根拠《こんきょ》を示してドヤ顔のナナだった。

しかしナナは基本的に動画を最初の方しかろくに見ないライトユーザーだった。

動画には続きがある。

『――それではここで、叩かれた人たちの実際の声を聞いてみましょう』

場面が切り替わり、男性配信者の神妙《しんみょう》な面《つら》が映し出されていた。

「ん？」

見覚《みおぼ》えがある。ユカは思った。

数ヶ月前に、生配信中に不適切《ふてきせつ》な発言をして炎上《えんじょう》した配信者だ。

『やっぱり配信中にうっかり言ったことが原因ですし、叩かれても仕方ないと思います。今はより言動に注意して、失った信頼を取り戻すために頑張《がんば》ってます』

場面が切り替わる。

今度はバーチャルライバーだった。一ヶ月ほど前に無許可《むきょか》でゲーム配信をして炎上している。

『今はちゃんと許可を取ってから配信するように気をつけてます……』

涙声《なみだごえ》と共にイラストが悲しげな表情を浮《う》かべて左右に揺《ゆ》れる。「泣かないで」というコメントと現金が連投されていた。

そして画面は再び真面目そうな女性に戻る。

『ご覧の通り、ネットで叩かれた前と後では対応が異なり物腰《ものごし》が柔らかくなっています』

動画は以上だった。

「………」

叩かれると。

柔らかくなる。

態度《たいど》が。

「………」

三人は重く沈黙《ちんもく》した。

ユカはナナを見る。気まずそうに目を逸《そ》らす。

ユカはシノを見る。いつものクールな表情の奥に若干の呆《あき》れが浮かんでいた。

「言ってやって、シノ」

こくりと頷くシノ。

すすす、とナナの耳元に近寄り囁いた。

「ばか。ＩＱ一桁くらいしかなさそう。頭の中身がサファリパーク」

囁いてみたが別にナナの性格が柔らかくなったりはしなかった。

第二章 ＊ 初心者でも簡単！ 美味しいハンバーグの作り方講座

家庭科室のキッチンで女子高生二人がお辞儀《じぎ》した。

「みなさんこんにちは！　ナナとシノのお料理教室にようこそ！」

「ようこそ」

「シノちゃん。今日のお料理は何かな？」

「ハンバーグ」

「そう！　今日は簡単《かんたん》に作れるおろし玉《たま》ねぎソースのハンバーグを作ります！　私たちの動画では、誰でも簡単にお料理ができるように初心者でも簡単な方法で作るので、よかったら最後まで見ていってくださいね！」

「よろしくお願いします」

ユカがカメラを構える中、エプロン姿の二人は材料を手に取る。

「それじゃあまずは玉ねぎから！　半分はみじん切りにして、もう半分はソースに使うためにミキサーに突《つ》っ込《こ》んじゃいましょう！」

「そしてこちらがバラしたミキサーになります」

「待って」

二人の目の前に部品単位でバラされたミキサーが置かれていた。「何これシノちゃん」

「それではミキサーを組み立てていきたいと思います」

「いやいや」

「ナナ。動画中は静かにして」

「いや何で私がおかしなこと言ってるみたいになってるの⁉」

驚《おどろ》きながら目を見開くナナ。「ソース作るのにミキサー組み立てる必要ないでしょ？」

「初心者でも簡単に作れる動画というコンセプトなのに？」

「ミキサーを一から手作りする初心者なんていないよ‼」

「私は手作りするけど」

「とにかくミキサーはいいから。もっと割愛《かつあい》して！」

「こちらが完成《かんせい》したハンバーグです」

「割愛しすぎだよ‼」

シノが引っ張り出してきたハンバーグをそのまま片付《かたづ》けるナナ。動画のために既《すで》にユカがハンバーグを調理済《ず》みだった。

「こちらが完成したミキサーです」

ちなみにミキサーの方も動画用に既にシノが組み立て済みだった。

「いや普通はミキサーは最初から出来上がってるものなんだけどね……」

ともかくミキサー（完成済み）を用いて玉ねぎをおろすナナだった。

残り半分の玉ねぎはハンバーグのたねのためにみじん切り。「包丁《ほうちょう》使うときは、ねこの手ですよー。にゃんにゃん」えへへと笑いながらカメラに向かって媚《こび》を売るナナ。

ユカはなんかむかつくからこの部分はカットしようと思った。

「じゃあ次にこの玉ねぎを炒《いた》めていきます！」

「そしてこちらが鉄板《てっぱん》です」

「何それ」

「フライパンの原材料《げんざいりょう》」

「いや、あのね。シノちゃん」

「割愛？」

「してくれる？」

「そしてこちらが完食後のハンバーグの残骸《ざんがい》」

「だから割愛しすぎ――って何でもう食べられてるの⁉」

「美味《おい》しかった」

「ユカち！　シノちゃんが動画用のハンバーグ食べた！　動画用なのに！」

「おかわりある？」

「しかもまだ食べようとしてる！」腹《はら》ペコだ！

「おなかへった」

「もう！　こんなんじゃ動画にならないよー！」

頬《ほお》をふくらませて分かりやすく怒《おこ》るナナ。「もう動画は置いといて、シノちゃんのために今から改めてハンバーグ作るから、ちょっと待ってて!」

まったくもう! と言いながらも手際《てぎわ》よくナナは玉ねぎを炒め、それから鮮《あざ》やかな流れでハンバーグを作ってゆく。

「はいどうぞ!」

そして完成した。

行儀《ぎょうぎ》よく席についたシノは、出来立てのハンバーグにナイフを入れ、口に運ぶ。

「美味しい」

「えへへ……」

だらしなく照《て》れたのちにナナは眉根《まゆね》を寄せる。「でもどうしよう……? こんなんじゃ動画にならないよね?」

「途中《とちゅう》から説明を省《はぶ》いたから初心者には分かりづらいかもしれないわ」

「そうだよね。まあハンバーグ食べたがるシノちゃんのせいなんだけどね」

「美味しかった」

「もう食べ終わってる……!」

口元を上品《じょうひん》に拭《ふ》くシノ。驚くナナ。

ユカは二人の顔をそれぞれ撮《と》ってから、カメラを止めた。

「せっかく動画で私の可愛《かわい》さを世に知らしめようと思ったのに!」

「そういう目的で撮ってたの」目を細《ほそ》めるシノ。

「え？　まあ……だって、ねえ？　せっかく動画に出るなら可愛いって言ってもらいたいじゃん？」

「動画を使って私欲《しよく》を満たすなんて……」

「用意したハンバーグ全部食べたシノちゃんに言われたくないよっ!!」

「おかわりは？」

「まだ食べるの⁉」

驚くナナを尻目《しりめ》に、ユカは出来上がった動画を軽く確認する。

確かにナナの想像通り、途中からは説明なしでとても初心者用には使えそうもない。

「まあでも、要望通りにはなるんじゃねーの？」

「……？」

首をかしげたまま怪訝《けげん》な表情を浮《う》かべるナナ。


後日《ごじつ》、ユカが編集したのちアップロードされた動画『初心者でも簡単！　美味しいハンバーグの作り方講座』は、お料理研究同好会のチャンネル内でもまあまあの再生回数を誇《ほこ》り、コメント欄《らん》は「ナナかわいい」の文字で埋《う》め尽《つ》くされることとなった。

「えへへ……」

そしてそんなコメント欄を眺《なが》めながらナナはやはりだらしなく照れていた。

第三章 ＊ 真夜中の金縛り

ある日の深夜《しんや》、ナナは唐突《とうとつ》に目を覚《さ》ました。

「……ん？」

夜中《よなか》に目を覚ますことなんて滅多《めった》にないのに。

疲《つか》れているのだろうか。ぼんやりとした頭でナナは天井《てんじょう》を見つめる。いつもの自室がいつもと違《ちが》って見えた。暗いからだろうか。何が違うのだろうか。

やがてナナは視界《しかい》の端《はし》で、違和感《いわかん》の正体を捉《とら》えた。

――いる。

真《ま》っ直《す》ぐに天井を見つめたまま、ナナは確信《かくしん》する。

ベッドの真横。本来何もないはずの空間に、誰かが立っている気配《けはい》を――こちらをじっと見つめている視線を、はっきりと感じる。

（あ、これって――もしかして……）

これまでの生涯《しょうがい》で一度も体験したことはなかったが、聞いたことはある。予感が頭を過《よぎ》り、全身から汗《あせ》が噴《ふ》き出す。

『ふふふ……』

やがて女性の笑い声がナナの耳元で鳴り響《ひび》く。

身体はまるで紐《ひも》できつく縛《しば》られているかのように身動きがとれず、ナナはすぐ傍《そば》にいる何者かの囁《ささや》きに耳を傾《かたむ》けることしかできなかった。

（ああ、やっぱり……！）

ぞわりと鳥肌《とりはだ》が立つ。

このときナナは自身が置かれている状況を確信した。

間違《まちが》いない。

これは――。

「ＡＳＭＲだ……」

『ふふ――え？』

何？

「ＡＳＭＲ！」

くわっ、とナナが幽霊《ゆうれい》へと顔を向ける。びくりと震《ふる》える幽霊だった。

ＡＳＭＲ。

聴覚等《ちょうかくとう》の刺激《しげき》によって生《しょう》じる心地《ここち》いい感覚《かんかく》のことであり、一般的には料理をしている様子やスライムを握《にぎ》りつぶしている音を高性能なイヤホンで聴《き》いてぞわぞわする反応のことを指《さ》す。

「最近は人の囁き声とかもＡＳＭＲって呼ばれたりしてるみたいです」

『そう……なの？　よく分かんない……』

幽霊は幽霊なので近年のトレンドには疎《うと》かった。

「私、こういうの一度ハマったら絶対抜け出せないと思ってたんでこれまで我慢《がまん》してたんですけど、まさか幽霊さんからＡＳＭＲプレイを強要《きょうよう》されるとは思ってなかったです」

『ぷ、プレイ……？　いや、私そんなつもりで枕元《まくらもと》に立ったわけじゃない……』

「なかなかよかったですよ」

『嬉《うれ》しくない……』

「ぞわぞわしちゃいました」

『やめて……』

幽霊が今宵《こよい》ナナの枕元に立った理由は単純に幽霊として人を怖《こわ》がらせることが目的だった。

別の意味でぞくぞくさせるつもりなど毛頭《もうとう》ない。とはいえそんな幽霊側の事情などナナからすれば滅茶苦茶《めちゃくちゃ》どうでもよかった。

「でも私、いま体が金縛《かなしば》りにあってますよ！　これは絶対そういうことをしようとしてたっていうことですよね⁉」

『いや、あの……違う……違います……』

どんどん弱気になる幽霊だった。

「でも私、いま体動きませんよ？」

『私、金縛りとかできないし……』

「あ、ごめんなさい。これ自分で縛ってたせいでした」

身体を起こしながらナナは自らの体を縛っていた縄《なわ》を解いた。セルフ金縛り。

『なにしてるの……？』

こわ……。

「最近ちょっと眠れない夜が続いてて、それに加えて寝相《ねぞう》も最悪だったんですよー。だからちょっと自制《じせい》しようと思って、縄で縛ってみたんです」

『そうなんだ……』

話を要約するとナナがわりと度を越して思考回路がどうにかなっているということであり、結果、幽霊はシンプルに引いた。

「ところでお姉さんお名前は？」

『え、あの……』戸惑《とまど》う幽霊。『まどかです……』

「幽霊だから幽子《ゆうこ》さんって呼ぶことにしましょう！」

『いや、あの……まどかです……』

「よろしくね！　幽子さん！」

『まどかです……』

ナナは人の話を聞かないタイプの女子高生だった。

「ところで幽子さんは囁き声で天下獲《てんかと》ってみたいと思いませんか」

『いや……思わないですけど……』

「そうですよね、思いますよね⁉」

『いや思わな――』

「大丈夫《だいじょうぶ》です！　私に任せて！」

『全然聞いてくれない』

ナナは人の話を聞かないタイプの女子高生だった。

「私に任せて！　私が幽子さんを夜の女王《じょおう》にしてあげるから！」

『言い方』

こうしてナナと幽子による心霊《しんれい》ＡＳＭＲの特訓《とっくん》が始まった。しかしＡＳＭＲの特訓といっても何をやればいいのか二人ともよく分からなかったのでとりあえず動画アプリを開いた。

『何ですかこれは』

既《すで》に敬語《けいご》が板についてる幽子だった。

画面に映し出されたのは『ＡＳＭＲ配信中♡』と書かれた文字の右側あたりでうにょうにょと動いている女の子の絵。

「この子は私の推《お》しの花鉢《はなばち》ツバキちゃん！　ＶＴｕｂｅｒだよ」

『ぶいちゅーばー』

何ですかそれはと尋《たず》ねる幽子。

ナナは一から説明するのが面倒臭《めんどうくさ》かったので雑に説明することにした。

「まあ簡単にいうとアニメとかのキャラクターを配信者が演じてるみたいな感じかなー」

ちなみにナナがよく聞いている配信者の花鉢ツバキはお花の妖精《ようせい》という設定があり、人間社会を勉強するためにバーチャル配信者になったということになっている。

人間社会の勉強したいなら普通に会社に勤《つと》めて働けやと突《つ》っ込《こ》んではならない。

『なるほど……？』

要するに着ぐるみみたいなものかと雑に解釈《かいしゃく》しながらも、しかし幽子はいまいち釈然《しゃくぜん》とせずに首をかしげた。『あの、でも……ひとついいですか？』

「なに？」

『このお花の妖精の絵の向こうには生きた人がいるんですよね……？』

「そうだね」

『馬鹿《ばか》みたいじゃないですか？』

「ぶっとばすよ？」

『すみません』

触《ふ》れてはならないものだったらしい。

「いい？　バーチャル配信者を見るときは絵の向こうにいる生きた人のことは考えないようにしなきゃだめなの」

『現実から目を背《そむ》けるということですか』

「違う違う。見ないようにするほうが楽しいからそうしてるだけだよ」

それはつまり要するに現実から目を背けるということと同義《どうぎ》なのではないかと幽子は思ったがまた怒《おこ》られると思ったので黙《だま》った。

「ま、とりあえずこのツバ子の配信見て一緒《いっしょ》に勉強しよ？　幽子さん！」

『ツバ子？』

「花鉢ツバキちゃんのあだ名だよ！」

『友達でもないのにあだ名で呼んでるんですか？』

「ぶっとばすよ？」

『すみません』

こうしてナナと幽子の特訓が始まった。

始まったとはいえ二人ともやはりそもそもASMRというものがよく分からなかったので基本的にはナナが心から信仰《しんこう》している花鉢ツバキが画面の向こうで喋《しゃべ》った言葉をそのまま復唱《ふくしょう》するのが主な特訓内容となった。

例えば画面の向こうで花鉢ツバキが『今日もお疲れ様……♡』と囁けば幽子も同じ言葉をナナに囁いた。幽霊なのに。

『ゆっくり癒《い》やされてね……♡』と囁けば同じく幽子もナナの耳元に吐息《といき》交じりに言葉を送り込む。

何度か『私は一体何をしているのだろう……』と思いかけたが、その度に画面の向こうでうにょうにょしている花鉢ツバキの顔を見つめて幽子は踏《ふ》ん張《ば》った。

花鉢ツバキ。バーチャル配信者。

登録者はだいたい十万人――画面の向こうの見えない大勢《おおぜい》に対して今も『ふーっ♡』とマイクに吐息を吹きかけているツバ子に比べればまだ可愛《かわい》げがある状況といえた。

『ふーっ』

と幽子が息をかければ、

「ひゃああっ！」

目の前のナナがびくりと肩《かた》を震《ふる》わせる。恐《おそ》らくは部屋で一人マイクに向けて話しかけている花鉢ツバキ（の中の人）に対してこちらは相手の反応を生で見ることができる。その分やりがいも直《じか》に感じることができた。

（何だか楽しくなってきたかも……）

何なら少しナナの反応に言いようのない感覚を抱《いだ》き始めたほどだった。天職《てんしょく》。幽子は驚《おどろ》かせてぞくぞくさせるよりも囁いてぞくぞくさせるほうが向いているタイプの幽霊だった。

感覚を摑《つか》んでからの幽子の囁き技術の上達《じょうたつ》はめざましいものだった。画面の向こうで花鉢ツバキが『蜜吸《みつす》っちゃうぞ……♡』と囁けば、即座《そくざ》に幽子は、

『魂《たましい》吸っちゃうぞ……♡』

と若干のアレンジを加えていた。天才《てんさい》。

「あっ、すご……」

恐ろしい速度で成長してゆく幽子にナナは色々な意味でぞくぞくとした。「耳元で囁かれる度《たび》に頭が馬鹿《ばか》になってく気がするよぉ……」

『馬鹿になっちゃえ……♡』

「あっ、あっ……」

ここには馬鹿しかいなかった。

大体一時間ほど特訓したところで幽子の実力は確《たし》かなものへと変わった。

花鉢ツバキの技術を吸い取り、蕾《つぼみ》から大輪《たいりん》へと花開いたともいえる。

「もう私には教えられることは何もないよ……幽子ちゃん！」

恍惚《こうこつ》とした表情でナナは頷《うなず》く。確信した。これからは心霊ＡＳＭＲの時代である。

『はいっ……！　ありがとうございました、教官《きょうかん》！　私、これから頑張《がんば》ってみます！』

恭《うやうや》しく敬礼《けいれい》する幽子。既に敬語を通り越して部下のような立ち位置に落ち着いていた。

「頑張ってね……幽子ちゃんなら獲れるよ、ＡＳＭＲ界の天下！」

『はいっ！　私のこれからの活躍、みててください！』

既に何だかよく分からないテンションの二人はそれから感動的な別れみたいな空気のまま見つめ合い、涙ぐみ、幽霊ゆえに抱《だ》き合うことはできなかったため互《たが》いに手を振り合い、別れることになった。

『うらめしや～♡』

別れ際《ぎわ》に一言だけ囁く幽子だった。

「あっ、すご……」

ぞくぞくするナナ。

幽子が去《さ》ったあとに残されたのは、言葉にできないほどの気持ちよさと、大きな達成感だった。

「いやぁ、いいことしたなぁ……」

ただの幽霊だった幽子を、人をぞくぞくさせる幽霊へと進化させることができた。目に見える成果にナナはたいへん満足していた。

これから幽子ちゃんはどんな幽霊になるだろう？　頭の中で考えを巡《めぐ》らせながら、ナナは約一時間ぶりに布団《ふとん》の中へと再び戻る。

戻ったところでふと気づく。

幽霊として耳元で『うらめしや～♡』と囁かれて恐怖《きょうふ》する人間が果たしているだろうか。

ひょっとしたら一時間ほど費《つい》やして幽子をよく分からない方向に導いてしまったのではないか
――。

一人になって落ち着いたところでナナは事実に気がついた。

「ま、いっか」

気がついたが面倒臭《めんどうくさ》くなってナナは考えるのをやめた。

ナナは都合が悪いことから目を逸《そ》らし、そして花鉢ツバキの『おやすみなさい……♡』という言葉を聞きつつ眠りについた。その日は死ぬほど快眠《かいみん》だった。

それからしばらくの間、ナナたちの暮《く》らす織上町《おりかみちょう》では夜な夜な『うらめしや～♡』と囁いてくる欲求不満な幽霊が出てくる噂《うわさ》が持ち上がったが、ナナは聞かなかったことにした。

第四章 ＊ 純白の開拓者

放課後の家庭科室に三人の女子がいた。

「はいっ！　ここで問題です！　この写真の五秒後に私がやらかしたことは一体何でしょう？」

教卓《きょうたく》の前に立ちながら、ナナはスマートフォンを二人の前に掲《かか》げる。

画面に表示されていたのは何の変哲《へんてつ》もない一枚の自撮《じど》り写真。こちらに向けてナナが「いえーい」と桜《さくら》の咲《さ》く校門前でピースしている。

今朝撮《と》ったものだろうか。

写真の後ろの方では入学したての女子生徒がこちらを振り返っておかしなものを見るような目を向けている。

写真の意図がよく分からずシノとユカは顔を見合わせたのちに「なにこれ」と首をかしげた。

「この写真から私のやらかしを当ててみて？」

「当ててみてって言われても……。普通の写真にしか見えないけど」

「そう！　しかしこの写真にはとんでもない秘密が隠《かく》されているのです！」

「はあ」

「当ててみて？」

「やだよ面倒臭《めんどうくさ》いし」

「ユカち、ノリが悪い女子はモテないよ」

「しつこい女子よりはマシだろうけどな」

やれやれとため息をつきながらユカは写真を見つめる。なんだかんだと嫌《いや》がりつつも暇《ひま》つぶしに付き合うユカだった。

とはいえ率直《そっちょく》に言ってしまえば目の前に掲げられた写真は本当にただ校門の前でピースをしているだけにしか見えない。

「……新入生でもないのに校門前で一人で記念撮影してることがやらかし、とか？」

「ぶぶー！　違《ちが》いまーす！」

ていうか別に校門前で写真を撮るのは悪いことじゃないもん！　と頰《ほお》を膨《ふく》らませるナナ。

「いや。こんなのヒントくれないと分かんないし」

「もうちょっと考えてみて？」

ユカは軽く首を振る。正直さっぱり分からなかった。

「で、答えは？」

「もう！　現代っ子はいつもそう！　ちょっと触《ふ》れただけですぐに答えを求めたがるんだから！」

お前だって現代っ子じゃん。

「ささ、シノちゃんはどう？　答え分かったかな？　教えて？　んー？」

お前だってすぐに答え求めてるじゃん。

「……………」

メガネの奥でじっと目を凝《こ》らすシノ。

高校一の成績。ＩＱは測定不能。幼少期から天才の名を欲しいままにしてきた彼女の頭脳《ずのう》が一度思考を始めれば、周りすべてが彼女の視界から姿を消す。あまりにも凄《すさ》まじい集中力はナナがシノの顔の真横でキス顔で待機《たいき》していても気づかないほどだった。

「なにその顔」

気づいてた。

「あっ……えへへ……」

そしてナナは照《て》れた。

照れるならやるなよとユカは思った。

「一見するとこの写真はナナが新入生を差し置いて校門前でピースしている可哀想《かわいそう》な写真に見えるわ」

「私って可哀想なんだ」さらりと傷《きず》ついたナナだった。

「普通に考えたら痛《いた》いだけの写真ね」

「私って痛いんだ」さらりと致命傷《ちめいしょう》を与えられたナナだった。

「ひょっとしたらさっきナナが話していた『五秒後に私がやらかしたこと』がこの写真の謎《なぞ》を解《と》く鍵《かぎ》になっているんじゃないかしら」

シノは推測《すいそく》する。つまり写真自体には答え――ナナがやらかしたことは写っていない。

写真から推理することをナナは求めており、そこに答えがあるのではないか。

「そう！　さすがシノちゃん！　天才！　それでそれで？　答えは何かな？」

期待を込めた眼差《まなざ》しが至近距離《しきんきょり》からシノに向けられる。

そして天才は、答える。

「さあ」

普通に首を振るシノだった。「考えるの、面倒《めんどう》になったわ」

「もう！　現代っ子はいつもそう！　すぐに飽《あ》きちゃうんだから！」

「さっきからお前は一体誰目線で喋《しゃべ》ってるんだ」呆《あき》れつつため息を漏《も》らすユカ。

「まあいいや、クイズ飽きたしそろそろ教えてあげるね！」

「しかもお前も飽きてるじゃん……」

ナナはどこまでも現代っ子だった。

「まあでもシノちゃんも結構惜しいところまで行ってたんだよねー。そのまま答えてくれてたらひょっとしたら正解してたかも！」

嬉《うれ》しそうに語りながらナナはスマートフォンの画面をスライドさせる。

「答えはこちら！」

画面には再び一枚の写真が表示されていた。

「これは……」

ユカは息を呑《の》んでいた。

そこにあったのは、別の角度から撮った一枚。ナナのやらかしていた部分をアップで収めたものだった。画面全体がほとんど白。画面の上のほうにかろうじて見えるのはスカートの皺《しわ》であり、つまるところ画面全体を覆《おお》っているのは下着だった。

「パンツじゃん」

というかパンツだった。もはやパンツでしかなかった。より正確に言うとスカートを巻き込んでいるせいで露《あら》わになってしまっているパンツだった。

「正解は『朝あわてて家を出たせいでパンツがスカートを巻き込んでいた』でした！」

やけくそ気味《ぎみ》に正解発表をするナナだった。ナナが見せた一枚目の写真からは把握《はあく》できない角度のやらかし。まさに叙述《じょじゅつ》トリック。

「この写真を撮った五秒後に後ろの新入生ちゃんが教えてくれてね……」

「そうなんだ」

そんなの分かるわけねえじゃんと思いつつ頷くユカ。ナナのスカートに目が留まったのはその時だった。

「…………」重く沈黙《ちんもく》するユカ。「……で何で今もパンツ丸出しなわけ？」

ユカの視線の先には捲《めく》れ上がったナナのスカートがあった。

まさに叙述トリック。

▽

「朝から下着を丸出しにするという失態《しったい》を犯《おか》してしまったときに私、閃《ひらめ》いちゃったんだよね。ミスをやらかしても、それを認めない限りはミスにならないんじゃないか――って」

「薄汚《うすぎたな》い政治家《せいじか》みたいなことを言うな」

何を言ってるんだお前は、と目を細めて突《つ》っ込《こ》むユカ。対してナナは堂々《どうどう》としていた。丸出しなのに。

「私がこの丸出しの下着を認めない限り、スカートが捲れているという事象《じしょう》はおかしなことにならないのではないかと思うんだけど……どうかな？」

「馬鹿《ばか》丸出しの発想《はっそう》だなぁって思うわ」

「失敬《しっけい》だね！」

「そうかな」

「丸出しなのは下着だけだよ」

「開き直るなよ……」

呆れてため息すら漏れない。「というかそのスカート、ひょっとして朝からずっとそのまんまなの？」

やべえやつじゃん。

「あはは！　ユカち、発想がえっちだね。そんなわけないじゃん」

「だよな――」

「放課後になってから改めて捲ったんだよ……」

「よりやべえやつじゃねえか！」

友人の奇行《きこう》に普通に引くユカだった。

やれやれ分かっていませんなとナナはそんな彼女に首を振る。

「いい？　ユカち。いつの時代も、新しい時代を切り拓《ひら》こうとしてきた若者は叩《たた》かれてきたものなの。出る杭《くい》は打たれるっていうのかな。新しいことをしようとする度《たび》に、古い物事に捉《とら》われた人たちとの衝突《しょうとつ》が起こってきたの」

中世《ちゅうせい》に地動説《ちどうせつ》を唱《とな》えればおかしな人間と後《うし》ろ指《ゆび》差されるように、一時代の大衆《たいしゅう》の中で漠然《ばくぜん》と『普通』と捉えられているものに石を投げる者はいつも人々の輪から浮いた存在に扱われてきた。

しかし時代とは流れるように動くものであり、人々の輪から浮いた人間が一人、また一人と増えていくことで、いずれ浮いた人は新たな常識へと生まれ変わる。

人々はそうして次の世代へとバトンを繋《つな》いできたのである。

「というわけで、ユカちもどうかな」

ユカの肩《かた》に手を置《お》くナナ。

その目に光が灯《とも》って見えた。

「………」

ユカはそんな彼女の熱い眼差しを見つめ返しながら、ただ単純に、思う。

いや。

どうかなって――何？

「あっ。ひょっとして初めてだからちょっと恥《は》ずかしいのかな？　大丈夫《だいじょうぶ》！　私も最初はそうだったから！」

ぐぐい、とナナの手がユカのスカートに伸《の》びる。

「いや、ちょっ――」さわるなや！

「さあユカち！　恥ずかしがらないで！　私と一緒《いっしょ》に歴史を作ろう！」

「お前はあたしの高校生活に泥《どろ》を塗《ぬ》る気か！」

「二人で一緒に汚《よご》れれば恥ずかしくないから！　お願い！」

「あたしを巻き込むんじゃねえ！」

「おねがいー！　私を一人にしないで！　このままだと私、朝から新入生の前で下着を晒《さら》した痴女《ちじょ》になっちゃうからぁ！」

やだやだやだやだ！　駄々《だだ》をこねるナナ。

緊張しながら門を通った新入生たちに色々な意味で入学早々《そうそう》に衝撃を与えた先輩として既《すで》に一年生の間では噂《うわさ》になっている頃《ころ》だろう。

新入生同士が仲良くなるきっかけとして話題に出されたりしたら最悪すぎる。ナナは泣いた。

「やだー！　私このままだと名前も知らない新入生たちに汚《けが》されちゃう！」

「もうやっちまったもんは仕方ないだろうが！　諦《あきら》めろ！」

「いいの？　ユカち！　このままだとユカちも新入生の前で下着を晒したはしたない先輩のお友達

になっちゃうよ！」

「あ、それもそっか」言われてみればその通りだ。「じゃああたし今日からお前と距離とるわ。じゃあな」

「やだああああああああああああっ！」

しがみつくナナ。休日のショッピングモールのお菓子売り場でよく聞く感じの叫び声が家庭科室から響《ひび》き渡る。

あまりのしつこさにユカはシノへと目配《めくば》せを送った。

（助けてシノ！）

そして視線で助けを求めた。

真剣《しんけん》な眼差しを、シノは返していた。

（ユカ。そういえばモンハンやった？）

シノは絶望的に空気が読めない女子だった。いいからとっとと助けろやと睨《にら》むとシノは渋々《しぶしぶ》立ち上がった。

「ナナ、ナナ……」

そして。

シノは囁《ささや》く。

「いっそのことスカートを脱《ぬ》ぐという選択肢もあるんじゃないかしら」

お前は悪魔か？

「……！　そ、そっか……！　ユカちがスカートを脱いだ姿を晒すことで、私がうっかりパンツを露出《ろしゅつ》してしまった出来事のインパクトが薄れる――ということだね！」

衝撃的な事件の後に衝撃的な出来事をぶつけることで、なんやかんやで有耶無耶《うやむや》になる。お昼の情報番組やネットニュースでよく見かける光景といってもいい。

「私のために一肌《ひとはだ》脱いで！　ユカち！　文字通り！」

頼《たの》みの綱《つな》は親友だけだった。

もはやナナは既にユカの腰《こし》回りに抱《だ》きついていた。

「うるせえええええええええっ！　やめろおおおおおおおおおおおおおっ！」

そんなナナを引き剝《は》がそうと、ユカは全身全霊《ぜんしんぜんれい》力を込める。

そんな光景《こうけい》を眺《なが》めながら、シノはふと自身がまだ自撮りというものをしたことがないことに気がついた。

桜咲く四月のこと。新しい出会いの季節。

何事も新しい挑戦が肝心《かんじん》である。

「いえーい」

というわけで早速《さっそく》とばかりにスマートフォンに向けてピースを作り、シノは画面をタップする。

「お願いユカちいいいいいいいいいっ！」

「うるせえ離せえええええええええっ！」

出来上がったのはナナがちょうどやらかしている最中の一枚だった。

第五章 ＊ 辛口ラーメン屋の試練

夕暮《ゆうぐ》れ時の街を女子高生三人が歩いていた。

「ねぇねぇ二人とも！」

ナナは歩きながらくるりと振り返り、シノとユカに目を向けた。「最近、この辺にちょっぴり辛口《からくち》のラーメン屋ができたんだって！　知ってる？」

「辛口のラーメン屋ねぇ」

ふうん、と頷《うなず》くユカ。時間帯も相《あい》まって何となく小腹《こばら》が空《す》いてきた気がする。

「おっとユカち。辛口ラーメンで汗《あせ》を流したそうな顔をしてますねぇ」

「どんな顔だよ」

「せっかくだし寄って行かない？　帰りがけにみんなで食事なんていかにもイマドキな女子高生っぽい気がするし！」

「イマドキの女子高生はそもそもラーメン屋にはあまり近寄《ちかよ》らない気がするけどな」

「で、どうかな？」

「まあ別にいいよ」

やったぁ！　とナナが喜《よろこ》ぶ。

その横でユカは首をかしげた。

「シノはどうする？」

「ニンニクマシマシ」

「いや注文は聞いてねえよ！」

とりあえず三人でラーメン屋に行くことになった。

着いたのはそれから約五分後のこと。

ラーメン屋特有の少し脂《あぶら》っこい匂《にお》いを辿《たど》るようにのれんに手を伸《の》ばし、くぐった。

「へいらっしゃい！」

三人を迎《むか》えたのは、気合《きあい》の入った店主《てんしゅ》の声。顔は強面《こわもて》、頭にはねじり鉢巻《はちまき》。なんか写真撮《と》るとき毎回腕組んで睨《にら》んでそうと思いながらナナは店主に軽く首《こうべ》を垂《た》れた。

「三名でーす！」

それからナナが指を三つ立ててカウンター席の一番奥へと進み、流れるように座ってから、三人はメニュー表を眺《なが》める。何を食べよう？

「――って何座《なにすわ》ってんだおめえら!!」

「!?」

三人は揃《そろ》って驚《おどろ》いた。いきなり怒《おこ》られた。なにゆえ？

顔を上げると目を吊《つ》り上げた店主の姿。

「飯《めし》なんて食ってる場合か!!　さっさと制服に着替えやがれ！」

制服？　着替える？　はて。

顔を見合わせる三人をよそに、店主は続ける。

「おめぇら今日から来る予定だった職場体験生だろ！」

▽

というわけで三人は制服に袖《そで》を通した。

「いや何でだよ‼」

黒シャツにジーンズ、それから前掛《まえか》け。

ラーメン屋に入ったら大体見かける格好《かっこう》。普段《ふだん》からラフな格好を好むユカにはよく似合《にあ》っていた。

似合っていたがそれはさておき。

「あたし別に働きにきたわけじゃねえんだけど‼」

なんかすごい勘違《かんちが》いされてる。

「職場体験なんてやってるんだねぇ……、びっくりしちゃった」

「とりあえず誤解《ごかい》といた方がいいんじゃねえの？」

「まって！　でもユカち、よく考えてみて？」

「何だよ」

「私たちは汗を流すためにこの店に来た——そうでしょう？」

「意味が違《ちが》うだろ‼」

「あとタダでラーメン食べられそうだしちょっと得かなって」

「欲まみれだな！」

「あと私、看板娘《かんばんむすめ》ってやつに憧《あこが》れてたんだよね……。男子にちやほやされたい」

「お前本当に欲まみれだな！」

ナナには期待できそうにないらしい。ユカはシノに助けを求めた。

「お前も何か言ってやってくれ」

「まかない楽しみ」

「クソっ……まともなのがあたししかいねえ……！」

げんなりするユカ。

「でもね、ユカち。こう言っちゃ何だけど、多分私たちから何か言っても聞き入れてもらえないんじゃないかな」

言いながらナナはちらりと店主に目を向けた。

「おう、お前ら、準備はできたようだなァ……」

着替え終わって出てきた三人を見つめる視線は険《けわ》しい。

話を聞いてくれそうな様子はまるでない。

「まず最初に問う。お前たちは何者だァ‼」

「ナナでーす」「ユカです」「シノです」

「違う!!　俺の店ではお前たちに名前はなァい！」

話が通じそうな雰囲気《ふんいき》もまるでない。「いいか！　俺は見た目では判断しない男だ。顔のよし悪しも外見的特徴も関係なくお前たちのことはそれぞれ平等に扱《あつか》う！　そのためにも名前で呼ぶことはない！　分かったか！」

「でも呼び名がないと誰が誰だか分からなくないっすか」

挙手《きょしゅ》するユカ。

別に名前を呼ばれないことはどうでもいいが、店主のこだわりは仕事の妨《さまた》げになる気がしてならなかった。

「ふっ、なかなか鋭《するど》い着眼点《ちゃくがんてん》だな」

普通のことだろ。

「そうだな……。それじゃあこれからお前らのことはそれぞれ茶髪《ちゃぱつ》、金髪《きんぱつ》。そしてメガネと呼ぶことにしよう」

結局見た目で判断してるじゃねぇか。

ナナは茶髪、ユカは金髪。そしてシノはメガネと呼ぶことにしたいらしい。

「どうして俺《おれ》がここまで厳《きび》しい教育方針をとっているのか……分かるか？　金髪」

「分かんないっす」

「うちは辛口のラーメン屋だからだァ!!」

意味が違うだろ。

「では今一度問う、お前たちは何者だァ!!」

「茶髪です」「金髪です」「メガネです」

「よし!!」

満足げに頷く店主。

「あ、ところで店主さん」ナナは首をかしげて尋《たず》ねた。「私たちは何すればいいんですか?」

「ふっ、いい質問だな」

普通の疑問だろ。

「まず最初に断っておくが、俺は職場体験生であるお前たちを特別扱いするつもりはまったくない」

断言する店主。「そもそもお前たちはまだ店に入ったばかりの新人! いきなり仕事を任せることなどできん!」

がらがらがら。

店主はシャッターを勢《いきお》いよく下げて、そのうえで宣言した。

「貴様《きさま》らに試練を受けてもらう! 一人前になるまで店が開くことも帰ることもできないと思え!!」

辛口ラーメンを食べるまでの道のりはまだまだ遠いようだった。

「最初の試練はこれだ!」

どん! と厨房《ちゅうぼう》に並べられたのは店内にあったありとあらゆる食材たち。チャーシュー、ネギ、卵《たまご》、玉《たま》ねぎ、その他諸々《もろもろ》。

「お前たち三人でまずは俺にチャーハンを作ってみろ！」

厨房の隅《すみ》で椅子《いす》に座り、腕を組む店主。

「何でチャーハン作り？」首をかしげるユカ。

「……！」その横でナナは衝撃《しょうげき》を受けながら目を見開いていた。「料理の基本とも言えるチャーハンを私たちに作らせることで、私たちの実力を測《はか》ろうとしてるんだね！　すごい店主さんだぁ……」

「いや絶対そこまで考えてないよあいつ」

「ユカち、シノちゃん。私たちで最高のチャーハン、作ろ？」

「趣旨《しゅし》変わってきてないかそれ」ラーメン食べるために店に来たんじゃん。

呆《あき》れるユカ。シノがなだめるように肩《かた》を叩く。

「ユカ」

「なに」

「味見《あじみ》はまかせて」

「お前に至っては食うことしか考えてないな！」

何はともあれ三人で協力して調理を開始した。

「ちなみに俺に『美味《うま》い』と言わせることができれば合格だ！　まあそう簡単に合格を与えることはないだろうがなァ……。なぜだか分かるか金髪ゥ！」

「分かんないっす」

「うちは辛口のラーメン屋だからだァ!!」

だから意味が違うだろ。

「さあ、チャーハン作ってお前たちの実力を見せてみろォ！」

作った。

「うっま」

言った。

「ちょろすぎだろこいつ」

レンゲを持ったまま震《ふる》える店主を冷《さ》めた目で見下ろすユカだった。

何はともあれ合格。

「わぁい！　やったね、ユカち、シノちゃん！」

「私の味見のおかげね」余《あま》ったチャーハンをもぐもぐするシノ。

お料理研究同好会に所属する三人にとって美味《おい》しいチャーハン作りなど朝飯前《あさめしまえ》だった。

「……い、いや、待て。まだ俺はお前たちを認めたわけでふぁふぁい」

「食いながら喋《しゃべ》るなや」

ユカに促《うなが》され水を飲み込んでから、店主は三人を改めて見る。

「いいかお前たち！　この程度のチャーハンを作ったくらいで調子に乗るなよ！　俺はまだお前たちを一人前とは認めてないぞ！」

「いやでも美味いって言ったじゃないっすか」

「言ってない!!」

「いや言って――」

「言ってない!!」

「でも完食して――」

「うるさい!!」

「…………」

「ところでこのチャーハンのレシピを教えてもらえないだろうか」

「やっぱり美味いんじゃねえか!!」

「敬語《けいご》を使え貴様ァ!!」

それからごちゃごちゃと言い合ったのちにナナがレシピを教えた結果合格になった。これが辛口ラーメン店の看板メニューであるチャーハンの誕生秘話《たんじょうひわ》である。

そして最初の試練を突破《とっぱ》したユカたちを待っていたのは最終試練。

「いや二個目で最後なのかよ!!」

「敬語を使え貴様ァ!!」

最終試練は麺《めん》の湯切《ゆき》り。「これがうちの店で最も大事な作業だ!! お前たちには完璧《かんぺき》な湯切りをマスターしてもらうぞ!! 分かったか!!」

湯切りなんて誰でもできるのでは？

顔を見合わせる三人をよそに、店主はぐつぐつと麺を茹《ゆ》でている鍋《なべ》の前に立つ。

「いいか？ よく見ていろ貴様ら!!」

そして店主は湯切りするやつを鍋から引き抜いた。

「きえええええええええええええええええええええっ!!」

ちなみに湯切りをするやつはテボという。

「うるさっ」

顔をしかめるユカをよそに店主はタレが待ってるどんぶりに麺をすっ、と流す。スープをあとから注いで絡《から》めて具材を載《の》せれば完成。

「これがうちの辛口ラーメンだァ!!」

置いた。

「おいしい」シノが食べた。

ずるずると麺を啜《すす》る音は食欲をそそる。

うまそう食べたい。

…………。

二人は顔を見合わせた。

「ユカち、今の湯切り、どこがすごいか分かった?」

「いやぁー、全然分かんなかったわ。さっぱり分かんなかったわ」

ちらりと視線を店主に向けるナナ。

「店主さぁん。おねがーい。もう一回見せてくれません?」

きゃるん、と媚《こ》びるナナ。

「ふっ……仕方《しかた》ねえな」

店主は鍋に追加の麺をぶち込んだ。

「きええええええええええええええええええっ!!」

作った。

「わぁい！　ありがとうございまーす！」

ナナの前に辛口ラーメンが置かれた。

「どうだ？　二度も見れば流石《さすが》に分かっただろう」

早速とばかりに嬉《うれ》しそうに麺を啜るナナを尻目《しりめ》に尋《たず》ねる店主。

首を振ってユカは答える。

「いやー、店主さんの技術が凄《すご》すぎて全然分かんなかったっす」

「きええええええええええええええええええっ!!」

作った。

「ちょろすぎだろこいつ」

とはいえそういえば今日はラーメン食いに来たんだった。

急に与えられた試練とやらのせいで忘れていたことを、ユカたちはカウンター席に並んで座り、麺を啜りながら思い出していた。

湯気《ゆげ》の熱気のせいかそれとも辛口のスープのせいか、汗が頬《ほお》を伝った。それでも麺を啜る手は止められない。

満足感がお腹《なか》の中を満たしてゆく。

「さすがに三度も見れば覚えただろう……」三人を見つめながら満足げに頷く店主。「これから開店するから、しっかりと仕事するんだぞ、貴様ら！」

三人がラーメンを食べ終わった頃《ころ》に、店主は閉じていたシャッターを開いた。

シャッターの向こうで待っていたのは、三名。

「あ」

と声をあげたのは、制服姿の中学生たちだった。少し派手《はで》な髪と格好《かっこう》で、店主を見るなり露骨《ろこつ》に面倒臭《めんどうくさ》そうな顔を浮《う》かべた。

「あたしたちぃ」「職場体験でぇ」「待ってたんですけどぉ」

今日からよろしくお願いしまーす、とお辞儀《じぎ》する三人。

職場体験生。

ナナたちは顔を見合わせる。

そういえばそもそも妙《みょう》な試練を受けさせられたのも、職場体験生と勘違いされたからだった。

「…………」

店主はゆっくりとナナたち三人の方を振り返る。

それから目をくわっと見開いて。

言った。

「——お前たちは何者だァ!!」

第六章　初心者でも簡単！効率的な肉じゃがの作り方講座

家庭科教室のキッチンでナナとシノがお辞儀《じぎ》した。

「皆さんこんにちは！　ナナとシノのお料理教室にようこそ！」

「ようこそ」

「シノちゃん、シノちゃん。今日のお料理は何かな？」

「肉じゃが」

「そう！　肉じゃが！」

「家庭料理の定番《ていばん》」

「そうだねー。今日はそんな定番料理を効率《こうりつ》よく作る方法を紹介するから、みんなも作ってみてね！　ひょっとしたら私と同棲気分《どうせいきぶん》を味わえちゃうかも！　なんちゃって！　あはははははっ！」

「…………」

「じゃ、はじめまーす」

今の放送事故みたいな沈黙《ちんもく》は後でカットしておこうと思いながらユカはカメラを回し続ける。

初心者でも簡単《かんたん》、というコンセプトなので、簡単な作業から順番に捌《さば》いてゆく手筈《てはず》になっていた。

「材料を切る前に、まずは煮汁《にじる》のもとから作ろっか！　後から鍋《なべ》に混《ま》ぜるのもいいんだけど、先に仕込んでおくと楽かも」

　ささっとテーブルに調味料を並べるナナ。

　順番に蓋《ふた》を開けてカップに注いでゆく。

「えっと、まずは醤油《しょうゆ》、それからみりん、お砂糖《さとう》、和風《わふう》だし。はいっ、こんな感じ」

「そして仕込《しこ》んだ調味料をシルクハットにすべて入れます」

「なんで？？？？？？？？？」

　よくみたら隣《となり》のシノは燕尾服《えんびふく》を着ていた。マジシャンっぽい格好《かっこう》といえる。

「今の私はマジシャン」何なら自称《じしょう》もしていた。

「どうしたのシノちゃんその格好」

「通販で買った」

「買った方法の方は聞いてないよ？」

「シルクハットの中身を今から消しますのでご覧《らん》ください」

「いや消さないでよ‼」

「1、2……ポカン」

　そしてシルクハットをひっくり返すシノ。

「ほらご覧の通り」

　シルクハットの中から調味料がこぼれることはない。「タネも仕掛《しか》けもございません」

「仕込みもなくなっちゃったけどね‼」

「ご心配なく。別の場所に移動しただけ」

どこからともなくステッキを取り出すシノ。「あっちをみて」

ステッキを差す先にはカメラ。その向こうでユカがぼけーっとした顔でお茶を飲んでいる。

「お茶の中身と入れ替えたわ」

「ぶはっ!!」

吐《は》き出した。

「ゆ、ユカちいいいいいいいいいいいいいいいいいいっ!!」

どのみち仕込んだ調味料は無駄《むだ》になったので作り直すことになった。

内心で『結局無駄になっちゃったじゃん……』と嘆息《たんそく》を漏《も》らしながら再度、醤油をベースに調味料を混ぜるナナ。

「ナナ。今あなたは『結局無駄になっちゃったじゃん……』と思ってるわね」

マジシャンは心が読めるの。と真顔《まがお》で見つめてくるシノだった。「そして次は材料を切ろうとしている……そうでしょう」

「うん、まあ、そうだけど」

「どうして分かったのか分かる?」

「レシピに書いてあるからでしょ」

「マジシャンは心が読めるの」

「レシピに書いてあるからだよ!!」

調味料を合わせてから材料を切って炒《いた》めてゆく。ナナとシノのお料理教室では大体そんな感じに紹介する手筈《てはず》になっていた。

「もー、とにかく材料切っていくからね。ここから先は変なマジックとか織《お》り交ぜないでよ？」

「大丈夫《だいじょうぶ》。まかせて」

「じゃあまずは皮剝《かわむ》きからね。ピーラーとってくれる？」

「はい」

「ありがと」

「タネも仕掛けもございません」

「早速不安だよ!!」

疑心暗鬼《ぎしんあんき》になりながらピーラーを使うナナ。とはいえピーラーには何の仕込みもなかったようで普通にじゃがいもとにんじんの皮を剝けた。

「お次は食材を切っていきますねー！　切る時はネコの手をお忘れなく。にゃんにゃん♡」

「…………」

「じゃ、やっていきまーす」

じゃがいも、にんじん、それから玉ねぎ。肉じゃがとして一緒《いっしょ》に煮込《にこ》む食材を慣《な》れた手つきで切ってゆく。

「で、切った食材は鍋の中に入れまーす」

「そしてハンカチで覆《おお》い隠《かく》します」

ふぁさぁっ、と無駄につるつるしているハンカチが被《かぶ》せられる鍋。

「シノちゃん？」

「呪文《じゅもん》を唱《とな》えます。1、2……ポカン」

「シノちゃん？」

「するとご覧の通り。切った食材が元通り」

「シノちゃん⁉」

鍋の中にはナナの手によって切り刻《きざ》まれる前の食材が勢揃《せいぞろ》い。まるで今までの工程が丸ごとなかったかのようである。

これぞマジック。魔法のようなシノの手腕《しゅわん》にナナは驚《おどろ》いた。

「……いや結局また切り直しじゃん‼」

驚きよりも先に面倒臭《めんどうくさ》さのほうが出てくるナナだった。

「ナナ。今あなたは『えー？　また切るの？　面倒臭いなぁ』って思っているでしょう」

「まあね‼」

「マジシャンは心が読めるの」

「心が読めるなら元通りにしないでほしいかな‼」

「そしてナナ。あなたは今、『たまにはシノちゃんが材料切ってよ』とも思っているでしょう」

「思ってるけどこの流れだと限りなく不安かな‼」

マジックで切ったことにしそう。

「実はこの魔法《まほう》のハンカチを使えば食材を切ることもできるの」

「早速予想が的中しそうだよ!!」

ナナをよそにふぁさぁっ、と無駄につるつるしているハンカチを上から被せるシノ。芝居《しばい》がかった仕草《しぐさ》で「1、2……ポカン」と呪文を唱える。

そしてハンカチを取り払う。

露《あら》わになる鍋の中。

「するとご覧の通り」

ばさあっ！

翼《つばさ》を広げて白い何かが鍋の中から飛び出す！

それは鳩《はと》！

飛んでゆく鳩を眩《まぶ》しそうに眺《なが》めるシノ。

「鳩になりました」

「……いや食材は⁉」

「鳩になりました」

「何で急に鳩が出てきちゃうかなぁ！」

「鳩はマジックの定番」

「家庭料理の定番を返してよ!!」

「大丈夫。こんなイレギュラーの事態《じたい》のために対策もとってある」

「イレギュラーが起きてる原因ぜんぶシノちゃんだけどね!!」

再び無駄につるつるしたハンカチを取り出すシノ。

「このハンカチを使えば何とかなるわ」

「万能《ばんのう》だねそのハンカチ」

「そして呪文を唱えます。1、2……ポカン」

そしてハンカチを勢いよく取り払うシノ。

露わになる鍋の中。

「ご覧の通り肉じゃがの完成です」

鍋いっぱいの肉じゃが。ほくほくでいい香《かお》りが家庭科室に広がる。まるで一瞬で作ったかのよう。

これぞマジック。魔法のようなシノの手腕にナナは驚いた。

「……いや完成品出しただけじゃん!!」


後日《ごじつ》、ユカが編集したのちアップロードされた動画『初心者でも簡単! 効率的な肉じゃがの作り方講座』は、お料理研究同好会のチャンネル内でもまあまあの再生回数を誇《ほこ》った。

誇ってはいたが動画の中でまともに料理している部分は一分にも満たなかった。お料理講座とは?

「いま『これじゃあただのマジック紹介動画じゃん』と思ったでしょう、ナナ」

「まあね」

「どうして分かったのか分かる？」

「動画内でマジックしかしてないからでしょ」

「マジシャンは心が読めるの」

「動画内でマジックしかしてないからだよ‼」

第七章 ＊ 壁にハマる魔王の話

異世界《いせかい》の玉座《ぎょくざ》に魔王《まおう》がいた。

「側近《そっきん》！　側近ー！」

おーい、と声を張《は》る魔王。ばさばさとやかましい音を立てて側近が玉座の前に舞い降りたのはその直後のことだった。

「はっ。いかがなさいましたか魔王様」

跪《ひざまず》き、魔王を窺《うかが》う側近。

「ククク……来たな、側近よ」玉座の上から魔王は見下ろしていた。「お主《ぬし》を今日ここに呼んだ理由、なぜだか分かるか？」

「皆目見当《かいもくけんとう》もつきませんな」

「実はわらわ、これから魔王城を留守《るす》にする予定でのう。留守番を頼《たの》みたいのじゃよ」

「留守番ですか。構いませんが……どちらへ？」

「地球侵略《ちきゅうしんりゃく》じゃ‼」

むふん、と腕《うで》を組む魔王。

「地球侵略、ですか」側近は胸《むね》の谷間に話しかけていた。

「ククク……そろそろ異世界を我《わ》が手中《しゅちゅう》に収める時がきたのじゃ……。わらわが侵略している間、お主には魔王城の警護《けいご》を任せたい。できるか？」

「ははーっ！　無論《むろん》、可能です」

翼《つばさ》を無駄《むだ》に広げて首《こうべ》を垂《た》れる側近。直後に顔をあげた。「しかし魔王様。恐《おそ》れながら一つよろしいでしょうか」

「何じゃ？　申してみよ」

「先週も同じような会話をしたような気がするのですが……」

「………」魔王はそっぽを向いた。

「そして泣きながら帰ってこられたような気がするのですが……」

「………」魔王は耳を塞《ふさ》いだ。

「そのあと三日ほど寝室に籠《こ》もって困ったとメイドたちから苦情《くじょう》をもらっているのですが……」

「………」魔王は頬《ほお》を膨《ふく》らませた。

「魔王様」

「しらない」

「何ですと？」

「わらわそんなのしらない。地球なんてまだ一回も行ってないもん」

魔王は都合《つごう》の悪いことを記憶《きおく》から消し去った。

「ともかく側近としては魔王様が人間どもに敗北《はいぼく》してしまわぬか心配ですな」

「ほほう……側近よ。わらわの力を信じておらぬのか？」ここぞとばかりににやりと笑う魔王。「わらわが何の策《さく》もなしに地球侵略をしようとしていると――そう言いたいのか？」

「……！」

愚問《ぐもん》。

魔王ともあろうものが考えなしにちょっとコンビニ行ってくるわみたいなテンションで行くわけがない。そんなの魔王じゃない。

「何か策がおあり、ということですか……！」

さすが魔王様！

「当たり前じゃろうに。地球侵略に行くのじゃぞ？　策がなくてどうする」

「それで、どのような方法をとられるおつもりですか？」

「ふふふ……それはな」

側近が尋《たず》ねると魔王は玉座から立ち上がり、マントを翻《ひるがえ》した。

そしてもったいつけたのちに、語る。

「わらわが直《じか》に行くのじゃ……」

「直に行く……ですと……？」

側近は驚愕《きょうがく》した。

もったいつけた割《わり》には普通《ふつう》の提案だったからだ。

聞き間違《まちが》いか？

「直接行って侵略するのじゃ……」

聞き間違いじゃなかった。

何なら「わらわ天才《てんさい》かぁ?」みたいな顔すらしていた。

「な、なるほど……」

「ふふふ。驚《おどろ》きすぎて声も出んじゃろう」

「そうですな」普通すぎて驚いております。

「やはり侵略をするなら直接叩《たた》きに行くべきじゃろう。魔王としてのわらわがおらんから前回のようなことになるのじゃ。いわば今回の地球侵略は前回のリベンジでもある」

「ん? 前回、ということはやはり一度地球に行った記憶が――」

「しらない」

「魔王様?」

「わらわそんなのしらないもん」

再び都合の悪いことから目を背《そむ》ける魔王。

魔王が再び地球に降り立ったのは、これよりおおよそ五分ほど経《た》った後のことだった。

▽

そして魔王は地球に降り立った。

場所はとある高校。視界の先には家庭科室。

「ククク……」

魔王は不敵《ふてき》な笑みを浮《う》かべながら周《まわ》りの状況を把握《はあく》する。

身体が動かない。

なぜか前傾姿勢《ぜんけいしせい》。

それとお腹《なか》周りが全体的に押さえつけられてる気がする。

「…………」

触《さわ》ってみる。視線を下に向ける。

魔王は確信した。

「壁に嵌《はま》っちゃった……」

壁に嵌ってた。

転移《てんい》してきたときに何らかの失敗があったのだろう。壁のある位置に魔王が送られてきたせいで上半身は家庭科室に突《つ》っ込《こ》み、下半身が廊下《ろうか》に飛び出す奇妙《きみょう》な形で顕現《けんげん》していた。

端的《たんてき》に言うと死ぬほど間抜《まぬ》けな格好《かっこう》だった。

「うう……まずいのう……こんなところを誰かに見られたら――」

「わーっ！　な、何これ⁉　どういう状態？」

悲鳴に驚いて顔を向ける魔王。

目を丸くした女子高生がこちらを見つめていた。

ナナ。お料理研究同好会の一人。

「大丈夫《だいじょうぶ》？　何かあったの？　アクロバティックに壁に突っ込んじゃったの？」

こんなところを絡《から》まれるわけにはいかない……！

「く、くるな！　おぬし、わらわに近寄《ちかよ》るなっ！」

「え？　なにー？」すすす、と魔王のそばに寄るナナ。

「既《すで》に近寄ってる……！」

ナナは人の話を聞かない子だった。

「わーすごい。何これー？　ねえねえ、どうやって壁にめり込んだの？　すごい綺麗《きれい》に嵌ってるよ？」

「さ、触るなおぬし！　わらわの肌《はだ》に触《ふ》れるな無礼者《ぶれいもの》が!!」

「えー？」ふにふにお腹を撫《な》でるナナ。「わ、すごいやわらかーい」

「既に触っておる……！」

どこまでもナナは人の話を聞かない子だった。

「ていうか一体何がどうなったらこんなふうになっちゃうわけ？」

「おぬしに話すことは何もない」

「そんなこと言わずに話してよー。えいっ」

「ひゃっ」

魔王は脇腹《わきばら》が弱かった。

「まあ事情《じじょう》はあとで聞けばいっか。とりあえず今はこの壁から抜け出さないとだよね！」

「……！　人間ごときに情《なさ》けなどかけられとうない！　わらわのことは放っておくのじゃ！」

「大丈夫！　任せて！　私こう見えても女子の中では力強い方だから！　ぱぱっと抜いちゃうよ！」

「いや、いいと言っておるじゃろ！　やめろ！　わらわに触るな!!」

「いくよー？　せーの……！　えいっ！」

ぐっ、と力を込めて引っ張るナナ。

「……うん！」

そしてナナは手を離《はな》す。

「無理かな!!」

無理だった。

「何なんじゃ!!」

そして魔王は普通にキレた。

「わらわだって口ではダメって言っておいても内心ちょっと期待もしてたんじゃぞ!!　諦《あきら》めるのが早いじゃろ!!」

「嫌《いや》よ嫌よも好きのうちってやつだね！」

「やかましいわ!!」

もういいもん、と頬を膨らませて拗《す》ねる魔王だった。

ナナは首をかしげる。

「そういえばまだ名前聞いてなかったよね？」

「おぬしに名乗る名前などないもん」

よそを向く魔王。

「そっかぁ……」ふむ、と頷《うなず》きながらナナは魔王を見つめる。「まあでも大体どこの誰かは検討《けんとう》ついてるし、名前はまだ聞かなくていっか！」

「何じゃと……⁉」

名乗った記憶はない。異世界からきた魔王だとばれているというのか？

驚愕しながら見つめると、ナナは笑顔で答えた。

「演劇部《えんげきぶ》の子でしょ？」

「いや違《ちが》うが？」

「というわけで待ってて演劇部ちゃん！」

「違うが？　演劇部じゃないが？」

「助けを呼んでくるから！」

出ていくナナ。

「呼んできたよ！」

戻ってきた。

「どーも」

面倒臭《めんどうくさ》そうな様子でナナに手を引かれてやってきたのはユカ。

ナナと同じくお料理研究同好会に所属する女子。

「うわマジで壁に嵌ってるじゃん」

割と冷めた反応だった。

「ね？　私が言った通りだったでしょ？」魔王のツノをさするナナ。

「すげえ衣装だな。このツノとかも」魔王のツノをさするユカ。

「何の仮装《かそう》かなぁ？」

「魔王とか？」

「あー！　それっぽいかもー！　魔王さんだぁ」

「しかしどんなアクロバティックな突っ込み方したらこんな嵌り方になるんだよ」

「演劇部の活動の激《はげ》しさをこの壁が物語っているね……」

「ていうか演劇部にこんな奴《やつ》いたっけ？」

「うーん。でもコスプレしてたら皆大体おんなじような顔にならない？」

「偏見《へんけん》がすぎるだろ」

「それよりおぬしらわらわのツノ触りながら談義《だんぎ》するのやめんか？」

会話の合間もずっとさすさすとツノを触られていた魔王だった。

「あ、ごめん。丁度《ちょうど》いいところにあったから」

「無礼者が！　わらわを誰と心得《こころえ》る！」

「お。魔王っぽいじゃん。演技《えんぎ》キマってんなぁ」

「頭をぺちぺちするのはやめろ‼」

「それでナナ。こいつを今から抜けばいいんだな？」

「そういうことー」ツノをさすりながら頷くナナ。

「さすさすするなあっ‼」

二人はそれから荒《あら》ぶる魔王の手をそれぞれ持つ。

「じゃ、いくぞ」ユカがナナに目配《めくば》せを送る。「せーの――――！」

引っ張った。

無理だった。

「あ無理だわ」

「早いじゃろ‼」

再びキレる魔王だった。「早すぎるじゃろ‼　さっきよりも割り増しで短くなっとるじゃろ‼　もうちょっと頑張《がんば》らんかい‼　わらわちょっと期待したんじゃぞ‼」

「まあでもこれ見た瞬間《しゅんかん》分かるくらいぴったり嵌ってるし。引っ張っただけじゃ無理だって」

「根本的なことを今更《いまさら》言うなあっ‼」

魔王のお腹の形で綺麗に壁はくり抜かれており、引っ張れば尻《しり》が引っかかる。壁にできた穴を広げない限り抜けそうにない。というのは一目瞭然《いちもくりょうぜん》だった。

「お前がもうちょっと太《ふと》ってれば抜けただろうな」

「演劇部ちゃんスタイルいいもんねー」

「演劇部じゃないわ!!」

憤慨《ふんがい》する魔王。

壁から吠《ほ》える。

「まったく何なんじゃおぬしら——ひゃんっ！」

「ひゃん？」首をかしげるユカ。「急にどうした？」

「声がえっちだったね」

ふむふむ観察するナナの目にうつる魔王は頰がほんの少し赤く染《そ》まって見える。

どうしたの？　と首をかしげると、魔王は「ひ、ひいっ……！」と声を上げながら、

「わ、わらわの太ももを何者かが撫でておる……！」

「そうなんだ」えっちだね。

「頷いてないで助けんかいっ!!」

そうなんだじゃないじゃろうが!!

「さっきから注文が多いなぁ……」

やれやれ。肩《かた》をすくめながらユカは廊下《ろうか》に出た。

「犯人捕《つか》まえたわ」

女子生徒を引き連れて戻ってきた。

「ぐーてんもるげん」

ひょい、と片手を挙げて魔王に挨拶《あいさつ》するのはシノ。お料理研究同好会に所属する女子の一人であり太ももを撫で回していた張本人《ちょうほんにん》であった。

「何故《なぜ》わらわの太ももを触ったあっ！」

「いま廊下に美術部が作品を並べてるの」

「ほう」

「それかと思った」

「こんな立体的な作品があってたまるか‼」

「いま私がツノを触っているのも同じ理由」

「やめんかあっ‼」

「芸術品のように綺麗だと褒《ほ》めているのよ」

「え？　マジかー？」

褒められるとすぐ嬉《うれ》しくなるちょろい魔王。

その横でナナとユカはシノに状況を伝える。

一を聞いて百を知るシノ。二人の説明に頷き、「つまり異世界から来た魔王が転移の際《さい》にうっかり壁に嵌ってしまったということね」と納得《なっとく》した。天才《てんさい》。

「状況は理解したわ。壁から抜いてあげる」

「……⁉」目を見開く魔王。

二人がかりでも抜くことができなかったのに、一体どうするつもりなのじゃ？

シノは冷淡《れいたん》に告げる。

それは天才のひらめき。

曰《いわ》く。

「お尻の形に壁をくり抜きましょう」

シンプル!!

「めっちゃ普通の提案じゃな!!」

「考えるの面倒だったの」

「めっちゃ正直じゃな!!」

「そうと決まれば早速やりましょう」

「ま、待て待て！　考え直せ！　おぬし！　穴を広げたらおぬしが埋《う》めねばならなくなるんじゃぞ！」

「大丈夫。穴埋めの方法も考えてある。押さえておいて、ナナ、ユカ」

目配せを二人に送るシノ。以心伝心《いしんでんしん》。二人は互《たが》いに頷くと。

即座《そくざ》に魔王の脇腹を二人で掴《つか》んだ。

「ひゃっ――」

びくりと跳《は》ね上がる魔王。「な、なななななななな何をするのじゃおぬしら！　やめ、やめんかっ！」

魔王は脇腹がとても弱かった。

かもし

「動かないで」

シノはドリルを準備しながら冷徹《れいてつ》に告げた。「動いたら胴体と体が永遠にお別れすることになるかも」

「何でドリルなんて携帯《けいたい》しとるんじゃあっ!!」

「趣味《しゅみ》」

どんな趣味じゃ！　と心の中で突っ込みながらも魔王はもがく。当然身動きなどとれるはずもなく、ドリルからは逃れられない。

両側から脇腹を押さえられる魔王。

「暴れんなよ」「じっとしててねー」

「ひゃ、あっ……」

逃げようと思えば思うほど脇腹を押さえる力も強まり。

結果さらに脇腹がくすぐったくなる。

魔王を待ち受けていたのは、終わりのない地獄《じごく》のような時間。

「ひゃあああああああああああああああああっ!!」

ドリルの甲高《かんだか》い音とともに叫《さけ》び声がこだました。


この日を境《さかい》に家庭科室の壁に生まれた謎《なぞ》の跡《あと》は一部の生徒の間では『魔王の尻』という名で親しまれているが、この作品がいかにして生まれたのかを知る生徒はほとんどいないという。

第八章 ＊ 花鉢ツバキと濃いめのファン

ナナはベッドでくつろぎながら動画配信を眺《なが》めていた。

『ミツバチのみんなー？　元気にしてた？　花鉢《はなばち》ツバキだよー』

画面の横半分を存分《ぞんぶん》に使って頭を揺《ゆ》らすのは花鉢ツバキ。ナナのお気に入りの配信者。顔は可愛《かわい》く声も可愛い清楚系《せいそけい》。ちなみにファンのことはミツバチと呼んでいる。

「推《お》しが元気で今日も幸《しあわ》せ……」

スマートフォンに向けて拝《おが》み倒《たお》す。

ナナもミツバチの一人だった。

「その子が好きなの？」

ひょい、とスマートフォンを覗《のぞ》き込《こ》むのはシノ。今日はたまたまナナの家に遊びに来ていた。

『みんな音量は大丈夫《だいじょうぶ》？　丁度《ちょうど》よいかなー？』

画面の中で小首をかしげる花鉢ツバキ。

シノはほぼ同時に不思議そうな顔をしながら首をかしげた。

「……絵が動いてるわ」

「おっと、シノちゃん。ご存じないようだね！　これはＶＴｕｂｅｒといって、キャラクターを演じてる配信者さんなの」

「つまり中身は生きた人間ということ？」

「そうそう。そういうこと。どう？　世界一可愛いでしょ」

きらきらとした目で画面を見つめるナナ。『雑談配信《ざつだん》』と書かれた配信画面にはコメントがそこそこの速度で流れていた。

『おはよー』『今日も可愛いね』『癒《い》やしの時間だー！』『生きがい』『かわいい』

見た目を褒《ほ》めてる。

『えへへ、ありがと♡』

中身《なかみ》が照《て》れてる。

「何この時間」

「至福《しふく》のひとときだよね……」

「人気の配信者なのね」

だいたい千人が休日の貴重《きちょう》な時間を費《つい》やして雑談を聴《き》きにくるのは、本人の見た目だけでなくトークにも魅力《みりょく》があるからだろう。ふむふむ頷《うなず》くシノだった。

『ねえねえみんな聞いて？　ツバキね、昨日《きのう》、お散歩《さんぽ》してたら犬に吠《ほ》えられちゃってぇ』

という毒にも薬にもならない話題が出ると、コメント欄《らん》のだいたい半数が『大変じゃん』『大丈夫？』という定型文《ていけいぶん》みたいなコメントで埋《う》め尽《つ》くされた。

ちなみに残り半数は『草』のみ書き残してた。

トークに魅力があるとは？

『そういえば最近みんな何かアニメ観た？　ツバキにおすすめ教えてほしいなー』とツバキが話題を振れば、『ここで会ったがｎ回目』『ここで会ったがｎ回目を観てるよ！』『ヒロインの声がツバキちゃんにそっくりだよ』『ツバ子が声優《せいゆう》やってるのかと思った』などと反応が返ってくる。

ここで会ったがｎ回目。

タイムリープするタイプのラブコメ作品であり、今期アニメの中でも一番人気。

『あ、それ観てるー』

観てた。

『うんうん』『そうなんだ』『面白いよね』

定型文がコメント欄を埋め尽くす。

トークに魅力があるとは？

「何この空間」

「最高だよね……」

「よく分からないわ」

「このよさが分からないとは……。どうやらシノちゃんにこの世界はまだ早かったようだね」

したり顔を浮《う》かべるナナ。

一方でシノは首をかしげていた。

「ナナは何かコメントしないの？」

「え？」

「この人たちみたいなコメント、何かしないの？」

「私は見る専《せん》だから別にいいよぉ」

「でも書き込んだほうが覚えてもらえるわ」

画面を指差すシノ。

現に今も花鉢ツバキはコメントを読み上げて『ゴミクズさんいつもありがとー♡』と媚《こ》びた声をあげている。何その名前。

「好きな気持ちはきちんとぶつけた方がいい」

「わ、私はいいよぉ……」

照《て》れ臭《くさ》そうにもじもじするナナ。

「なるほど」シノは頷き、「代わりにコメントしてほしいということね」そしてナナのスマートフォンを手に取った。

「え⁉　いやいや、何で⁉」

「今のナナからは好きな男子がいるのに踏《ふ》ん切《ぎ》りがつかないからお友達に背中《せなか》を押してもらおうとする姑息《こそく》な女子と同じ雰囲気《ふんいき》を感じたわ」

「そんな雰囲気出してないよ‼」

「任せて。私が背中を押してあげる」

珍《めずら》しくやる気に満ち溢《あふ》れるシノ。

その手は誰にも止められない。恐《おそ》るべき速さでコメントを打ち込み、

「送ったわ」

そしてナナが制止《せいし》する間もなく送信した。

「早っ!!」驚《おどろ》きつつも、ナナは恐る恐るシノの手元に視線を向ける。「……ちなみに何て打ち込んだの?」

「これ」

スマートフォンを掲《かか》げるシノ。長文が打ち込まれていた。

『君はボクの太陽《たいよう》。凍《い》てついたボクの心を溶《と》かしてくれる太陽。初めて見たその時からボクの心は君に夢中《むちゅう》。(1/3)』

『雨の日も嵐《あらし》の日も君の笑顔のために頑張《がんば》れる気がする。胸《むね》から込み上げるこの気持ちは何かな? 恋《こい》かな。この気持ちどうやったら伝わるかな? コメント欄という「嵐」の中で、君に伝わるかな。どうかこの気持ち、届いてくれたら嬉《うれ》しいな。(2/3)』

『——愛してる、ツバキ。(3/3)』

長文というかポエムだった。

「どう?」

「最低《さいてい》だよ!!」

「渾身《こんしん》のポエム」

「長すぎるよ‼」

「なかなかのインパクトを残せたと自負《じふ》があるわ」

「ただの荒《あ》らしだよ‼」

「嵐だけに、ね」

「全然上手《うま》くないよ‼」

「分かった。じゃあ別のコメントにしてあげる」

　打ち込むシノ。

『ツバ子すきツバ子すきツバ子すきツバ子ツバ子ツバ子ツバ子ツバ子ツバ子ツバ子ツバ子ツバ子ツバ子ツバ子ツバ子ツバ子ツバ子ツバ子』

「本格的にただの荒らしだよ‼」

「だめかしら」

「いい要素《ようそ》が一つもないね‼」

『ツバ子すきツバ子すきツバ子すきツバ子ツバ子ツバ子ツバ子ツバ子ツバ子ツバ子ツバ子ツバ子ツバ子ツバ子ツバ子ツバ子ツバ子ツバ子』

「連投《れんとう》しないで‼」

　何してくれてるのシノちゃん！

『あはははっ！　ハチさん、何このコメント！　おもしろーい』

　ハチはナナのハンドルネームである。

読まれた。

「！　し、シノちゃん……！」

「読まれたわね」

『でもちょっとキモいかも。あはははっ！』

「し、シノちゃん……！」

「こいつろくでもない女だわ」

「普通の反応だよ!!」

いきなり流れた長文は相当《そうとう》に目立ったらしい。花鉢ツバキだけでなく、コメント欄に流れる文字列もシノの長文コメントに対するリアクションで溢れた。

『は？　キモ……』『ないわ』『こういう身勝手《みがって》な長文コメントする奴《やつ》がいるからファンが変な奴ばっかりだって思われるんだけどマジで本当に限りなく迷惑《めいわく》だからやめてくんない？』

端的《たんてき》に言うと普通に荒れた。

「わ、どうしよ……！　ちょっと空気悪くなってきたよ！」

「どうして怒るの？」

「VTuberに集まってるファンのディープな層《そう》ってだいたいみんな内心では自分のことを認知《にんち》してもらおうと必死《ひっし》だから抜け駆《ぬが》けしようとする人が現れると感情的になりがちなの」

「私が言うのも何だけどあなたも大概《たいがい》だと思うわ」

「このままだと私、最低な視聴者《しちょうしゃ》だと思われちゃうよー！」

やだー！　と頭を抱《かか》えるナナ。

「じゃあお金を渡して和解《わかい》しましょう」

「最低だよ!!」

結局シノが送ったコメントに対して『ま、面白いからいいけどねー』と花鉢ツバキが反応したことでヒートアップした視聴者たちは一定の落ち着きを見せた。

コメント欄に『うんうん』『そうだね』『だいすき』といったコメントが次から次へと投下《とうか》される。

こいつらも荒らしみたいなことやってるじゃんとシノは思ったが隣《となり》でナナが「あっ、しゅき……」などと変な鳴き声をあげたので黙《だま》ることにした。

「やっぱこういうトラブルのときに気の利《き》いた一言でみんなを落ち着かせることができるツバ子だっから好きなんだよねぇ……」

「長文コメントみたいなセリフね」

「一生推していける……」

「じゃあ次のコメントを書きましょう」

「ダメダメ！」

シノからスマートフォンを取り上げるナナだった。「もうツバ子の配信を荒らさせはしないよ！ツバ子の平穏《へいおん》は私が守る」

私、ツバ子の配信を見守る名もなき監視者《かんししゃ》になるんだ――。

シノの言葉一つで配信が荒れたことで決意を固めるナナだった。

「本当にそれでいいの？」

そして悪魔《あくま》のように囁《ささや》くのがシノだった。「感謝されたくない？　名前を読んでもらいたくない？

陰《かげ》から見守るだけでいいの？」

「い、いいもん！」

「でも確実に覚えてもらえる方法があるわよ」

「……⁉」

「聞きたい？」

「……参考程度に教えてもらっても、いい？」

耳をかたむけるナナ。

シノは囁く。

「お金を渡して覚えてもらいましょう」

「どこまでも最低だよ‼」

「でもそうでもしないと顔も名前も知らない相手に覚えてもらえないわ」

「わ、私は別にツバ子のことを純粋《じゅんすい》にファンとして応援してるだけだもん！　他のファンの人たち
とはちょっと違《ちが》うもん！」

「……と思っているファン千人が今この配信画面を眺めているのね」

画面の隅《すみ》っこのほうで相変《あいか》わらずうにょうにょやってる花鉢ツバキ。シノが見つめる中で、『ツ
バキね、最近やりたいゲームがなくて困《こま》っててぇ……みんな何かいいゲームないかなぁ？』と媚び

た声をこちらに向けて投げかけてくる。

「……？」

シノはふと首をかしげた。

まるでアニメのキャラクターのような可愛らしい声。猫撫《ねこな》で声。少なくともシノが普段《ふだん》生活している範囲内では一切聞く機会のない類《たぐい》の声。

であるにもかかわらず。

「……ナナ。この人の声、どこかで聞いたことがある気がするわ」

シノは耳を澄《す》ませながら、呟《つぶや》く。

合間《あいま》にも花鉢ツバキはコメント欄に流れたゲームのタイトルを読み上げては会話を展開している。

どこかで聞いたことがある気がする声だった——一体どこで？

「ほほう……？　シノちゃん、理解《わか》るんだ。流石《さすが》だね」

その目は仲間を見つけた喜びに満ち溢れていた。「実はね、私も配信を聴き始めてから一週間くらい経《た》った頃《ころ》に、同じような症状が出たの。ツバ子の声、どっかで聞いたことあるよね」

「ええ」

「理由、知りたい？」

「ええ」

「ふふふ。なら教えてしんぜよう！」ナナは勿体《もったい》つけて言った。「ツバ子の声に聞き覚えがある理由……それは——」

「それは？」

「――シノちゃんもミツバチになったということだよ！」

ミツバチとは花鉢ツバキのファンの呼称《こしょう》である。「ミツバチになるとツバ子と私の心の距離《きょり》がぐっと近づいて、友達みたいな感じに聞くことができるようになるの。だからどこかで聞いたことあるような錯覚《さっかく》に陥《おちい》るんだよね」

「たぶん違うわ」

そういうことを言いたかったわけじゃない。

「こちら側へようこそ……」

「絶対違うわ」

「ちなみにツバ子の配信ならＡＳＭＲがおすすめだよ！　眠れない時に聞くと興奮《こうふん》してもっと眠れなくなるから」

「友達に囁かれて興奮するの？」

「する。なぜなら私は耳が弱いから」

「ふーっ」

「あっあっ、息だめぇ……」

ナナは耳が弱点だった。

「そう……」

シノは露骨《ろこつ》に引いた。

「息吹きかけておいて引かないでよぉ‼」

花鉢ツバキの声――どこかで聞いたことがある、気がする。

しかし一体いつどこで？

疑問《ぎもん》を抱《いだ》きながらも、しかしシノが自力で答えに辿《たど》り着くことはなかった。

「ふーっ」

「あっあっ……」

「………」

「引かないでよ‼」

友人のユカならば何か知っているだろうか？

シノの脳裏《のうり》に、見かけによらずそこそこ常識人《じょうしきじん》な友人の顔が過《よぎ》った。

▽

花鉢ツバキを演じる中の人はユカである。

「みんなー！　今日も集まってくれてありがとぉー♡」

シノを含《ふく》めその事実を知る者はどこにもいない。

花鉢ツバキとして演じる際《さい》に見せている甘い声も可愛い笑顔も日常生活の中においては友人はおろか親にすら見せたことのないものだった。

今も別れの挨拶《あいさつ》のついでのサービスで配信画面上のウインクをしているが、普段の生活で片目を瞑《つむ》ることは皆無《かいむ》。ゴミが入った時くらいである。

『おつかれ！』『乙《おつ》バチ～』『今日もありがと』『乙バチ～』『大好きだよ！』『乙バチー！』『乙バチ』『乙バチ』

コメント欄は彼女に感謝する声で埋め尽くされた。ちなみに『乙バチ』という謎《なぞ》の単語はファンが考えた別れの挨拶である。

「うん、ばいばーい」

ちなみになんかダサいのでユカは毎回無視している。

しかし無視するとそれはそれで一部の視聴者から『なんで乙バチって言わないの？』というダルいツッコミをされるので、大体こういう時はマイクに口を近づけて囁くことにしている。

「明日はいっぱいお耳を綺麗《きれい》にしてあげるね……♡」

お耳を綺麗にしてあげる。

若干《じゃっかん》いかがわしい内容のＡＳＭＲ配信するよ、の隠語《いんご》である。

囁いたりＡＳＭＲでもやっとけばファンの大半《たいはん》は「あっあっ」しか言わなくなるためユカとしては楽なほうだった。世の中ちょろいもんだぜと内心思いながらマイクに息を吹きかけるユカ。

耳を舐《な》めるついでに社会も舐めている。身内からはそこそこ常識人だと思われているが全然そんなことはなかった。

「じゃ、ばいばーい」

再び甘い声で別れを告げてからユカは配信を終了させた。

花鉢ツバキを演じていた時間が終わる。

「……ふう」

椅子《いす》にもたれながら、彼女は満足げに天井《てんじょう》を眺める。

――今日のあたしも最高だったな。

などと思っていそうな表情をしていた。

――ネットでちやほやされんのたまんねぇー！

と思っていそうな顔でもあった。

数年前にブームに乗っかりノリで始めたＶＴｕｂｅｒのチャンネル登録者も今や十万人。ただ雑に話すだけの配信でも毎回千人近くの人間が彼女のチャンネルを追いかけてくれる。

ＶＴｕｂｅｒ界隈《かいわい》はトップ層のチャンネル登録者数が数百万を軽く超える凄《すさ》まじい規模を誇《ほこ》っている。そんな世界の中ではユカが運営しているチャンネルはまだまだマイナーなのかもしれないとユカは考えているが、彼女自身は現在の状況に満足していた。

配信を専業《せんぎょう》で行っている他の人気配信者とは違い、彼女はまだ高校生。休日と夜は社会と耳を舐めていても昼間はまだ学校に通う身分であった。

人気が上がれば上がるほど、身元がバレるリスクも高まってゆく――であるならば、不人気というわけでもなければ人気爆発しているわけでもない今の状況は彼女にとっては最も理想的であった。

「……ん」

配信終了直後にスマートフォンが振動《しんどう》する。光が灯《とも》るディスプレイには同じ学校に通う友人であるシノの名前が表示されていた。

ＬＩＮＥでメッセージが来たらしい。

「シノから……珍しいな、何だ？」

スマートフォンを手に取りながら首をかしげるユカ。

『これ見て』

友人――シノから送られてきたメッセージはたった四文字。

それと遅れて画像が一枚。

一瞬の読み込みを挟《はさ》んだのちに、表示された。

「……⁉」

途端《とたん》に全身から血《ち》の気《け》が引いた。

送られてきた画像はお花の妖精《ようせい》を模《も》したＶＴｕｂｅｒ。

自身の分身。

花鉢ツバキの立ち絵だった。

『ユカ、この子知ってる？』

綴《つづ》られたメッセージの向こうで、シノが無表情で首をかしげているような気配を感じた。

――人気が上がれば上がるほど、身元がバレるリスクは高まる。

言い換《か》えるならば。

活動を続ける限り、少ないながらも常に身元がバレるリスクに晒《さら》されているということでもある。

ユカの全身から汗《あせ》が噴《ふ》き出す。

送ってきた相手がただの友人ならまだしも、天才のシノ。

いつも何考えてるのかいまいちよく分かんない、マイペースが過《す》ぎる相手である。

(ど……どっちだ？　これ)

疑《うたが》われてる？　疑われてない？

スマートフォンの画面の上で指先を震《ふる》えさせながらユカは考える。

ただ普通に「聞き覚えあるなー、どこでだっけー?」と疑問を抱いているだけ？

それとも全部感づいた上で「聞き覚えあるなー、どこでだっけー?（意訳：この声、あなたじゃない……？）」と囁いている？

正直どちらの可能性も捨《す》てきれないゆえにユカの頭は混乱した。

混乱ついでにこれまで花鉢ツバキとして行ってきた数々の所業《しょぎょう》が走馬灯《そうまとう》のように駆《か》け巡《めぐ》る。

——すき、すき……大好き……♡

——だめ……今日は寝かせないよ……♡

——はあ、はあ……♡　あっ……好きぃ……♡

バレたらこれもう死ぬしかないな。

『花鉢ツバキの声、聞いたことがある気がするんだけど』

瀕死《ひんし》のユカに追い討ちをかけるように、シノから追加でメッセージが送られてくる。『どこで聞いたのか思い出せないの。どこだと思う？』

どこと言われましても。

実はおまえ週五で花鉢ツバキの声聞いてるよなどと言えるはずもない。

それからユカが震える指先でスマートフォンに入力したのは、たったの四文字。

『しらない』

仮に疑われていたとしても、そうでなかったとしても、返事はこれ以外に打ちようがない。

疑われていればシノは問い詰《つ》めてくるだろうし、ただ聞いているだけならそれだけの答えで納得してくれるはずだ。

シノはどんな反応を見せるだろうか。

死刑宣告を待ち受けるような気持ちでユカは画面を眺める。

返信が来たのは数秒後だった。

『ふうん』

…………。

疑われて……いない……？

「いやどっちだこれ……？」

返信の意図《いと》がいまいちよく分からない。

結局ユカはそれからしばし画面を睨《にら》み、いくばくかしてスマートフォンを放り投げ。

「ぐああああああああああああああああっ!!」

自身がこれまで行ってきた恥《は》ずかしめの配信の数々が友人に見られていた可能性に悶《もだ》え苦しんだ。

とはいえそれはそれ。悶え苦しんだ翌日もいかがわしい内容の配信に勤《いそ》しんだ。

『みんな、大好きだよ……♡』

ユカは生粋《きっすい》の職人であった。

そして配信を終えた直後にまた悶え苦しんだ。

「ああああああああああああああああああああああっ‼」

友人一人の何気《なにげ》ないＬＩＮＥのせいで情緒《じょうちょ》がどうにかなっている女子高生の姿がそこにはあった。

▽

週が明けて月曜日の朝。

ふらつく足取りで通学路を歩むユカの姿があった。

結局週末は全然眠れなかった。

『みんなをリラックスさせてあげるね♡』

などと配信で言いながらも自身はただひたすらに友人に聞かれていないかどうかを終始《しゅうし》気にして全然落ち着かなかった。

プロ意識の高さから配信上で不安を吐露《とろ》することはなかったが、内心であまりに怯《おび》えすぎて
『あっ、ゾクゾクする……』というコメントを眺めては、

「そうだよね……。ツバキもおんなじ気持ちだよ……♡」

などと言いつつ別の意味でゾクゾクする始末《しまつ》だった。新手《あらて》のプレイか？

もはやどんな顔をしてシノと会えばいいのか分からない。浮気現場《うわきげんば》から帰ってる最中の彼氏の気分。

「もーにん」

唐突《とうとつ》に肩《かた》を叩《たた》かれたのはそんな道中のことだった。

「ひっ――!?」

驚きながら振り返る。片手を軽く上げて直立しているのはシノ。よりによってシノ。脳裏に蘇《よみがえ》る週末のＬＩＮＥのやりとり。鼓動《こどう》が早まる。

「お、おう……、シノか」

目の前にいるシノは相変わらず何を考えているのかいまいちよく分からない。

「もーにん」

ついでに言うと今しがた語った呪文《じゅもん》もいまいちよく分からない。

「何だそれ」

「朝の挨拶」

グッドモーニングと言いたいらしい。

「あ、ああ、おはようって意味か」ぎこちなく頷くユカ。「……おはよう」

「ええ。ところでユカ」

「ん？」

「何かあったの？」

「……何かって？」

「今日はいつもと様子が違う」

じっ――。

少し背の高いユカを至近距離《しきんきょり》から上目遣《うわめづか》いで見つめるシノ。無表情の瞳《ひとみ》がユカに注がれる。

その様子はまるで彼氏の浮気に感づいている彼女の如《ごと》し。

このまま耳元で「昨日《きのう》は楽しかった？」なんて言われた日にはもう死ぬしかない。

「そ、そうか……？　あたしはいつも通りだと思うけど」

「そう？　でも何だか変。眠そうだわ」

「あ、ああ……ちょっと週末色々あって眠れてないんだよ」主《おも》にお前のせいでな。

「ちゃんと寝ないと駄目《だめ》よ」

「……そうだな」

眠れてないのは主にお前のせいだけどな！

などと突《つ》っ込みたくなる気持ちを抑えつつ、ユカは思考を巡らせる。

ほんの少し、違和感《いわかん》を抱いていた。

（花鉢ツバキのことを聞いてこない……？）

開口一番《かいこういちばん》に再び聞かれるだろうと思って身構えていたのだが、目の前のシノはそのような素振《そぶ》りを見せることなく、いつもの通りのマイペース。

「？　何？」

ユカに見つめられて首をかしげる様子からはそもそも花鉢ツバキのことなど微塵《みじん》も覚えていないような雰囲気《ふんいき》すら感じる。

やはりユカと花鉢ツバキを結びつけて疑っているわけではないのだろうか。

考える。

（どちらにせよ、一旦牽制《いったんけんせい》をしておいた方がよさそうだな）

直後に行動に移す。

「……そういえば土曜日にお前から聞かれたＶＴｕｂｅｒのことなんだけど」

ある程度の平静《へいせい》さを取り戻したユカは、白々《しらじら》しく語った。「土日の間に色々調べてみたんだけど全然分かんなかったわ。まったく聞き覚えなかったわ。どこの誰と似《に》てるのか皆目見当《かいもくけんとう》つかねえわ」

聞き覚えがないことをしつこいくらいに強調した。

ほんと聞き覚えないんでマジで勘弁《かんべん》してくださいさい疑わないでくださいさい気のせいですって。と言い訳しているようでもある。

（……これでどうだ？）

流石《さすが》にここまで言えばもう疑われることはないだろう。

祈《いの》るような気持ちでユカはシノの反応を待つ。

一方でシノは、

「…………」

ユカの言葉に沈黙《ちんもく》した。

大体五秒くらい黙った。

そのうえでユカをまっすぐ見つめて、言った。

「ふうん」

（ふうん――って何⁉）

何だ今の間。

取り戻したはずの冷静さが再びどこかに飛んでゆく。

焦《あせ》るユカ。

「ふふふ」

そしてなぜか突然《とつぜん》笑い始めるシノ。

（こいつ……何で笑ってやがる……⁉　やっぱり感づいてるのか……⁉）

（なんとなく聞いてみただけなのに、ここまで真剣《しんけん》に探してくれているとは思わなかったわ）

二人の思惑《おもわく》は色々とすれ違っていた。

（あーダメだこれ絶対感づいてるわ。あたしのことすげえ見てくるじゃん。花鉢ツバキと髪型《かみがた》ちょっと似てるなーとか思ってるじゃん絶対）

（相変わらず真面目《まじめ》ね）

（だがまだ疑われてる段階のはずだ……バレてはいないはず……！）

正面から見つめ合う二人。

（私ももう少し考えてみましょう）

（絶対にバレるわけにはいかねえ……！）

二人の思惑はどこまでもすれ違っていた。

▽

学校に着いた直後にシノは花鉢ツバキの動画を見始めた。

『はぁー……♡』

教室の片隅《かたすみ》に卑猥《ひわい》な吐息《といき》がこだまする。

「ぐあああああああああああああああああああああああっ!!」

ユカに致命傷《ちめいしょう》が与えられたのはそれとほぼ同時のことだった。

「どうしたのユカ」

「お前教室に着くなり何やってんだオラぁ!!」

シノからスマートフォンを奪《うば》い取るユカ。『ふふ……、お耳、ちょっとだけ綺麗になったね♡』と花鉢ツバキがふしだらな感じの声をあげてるところで動画を終了させた。

こんなもん人前で聞くんじゃねえとユカは睨《にら》む。

「大丈夫。まだ生徒はほとんど来てないわ」

まだ始業までは時間がある。教室内にいる生徒の数はおおよそ一割程度。聞かれたところで問題ないとシノは判断したのだろう。

「そもそも人前で動画聴くのは周りの迷惑になるから控《ひか》えたほうがいいぞ」ユカはわりとまともなことを言った。

「ごめんなさい」

怒《おこ》られたら素直《すなお》に謝るタイプの子。

「分かればよろしい」

ユカはスマートフォンをシノに返す。

教室内には静寂《せいじゃく》が舞い戻る。

数分後。

『がんばれ♡　がんばれ♡』

花鉢ツバキの囁きボイスが教室内にこだまする。

「オラあああああああああああああああああああああああっ!!」

ユカは再びシノからスマートフォンを奪い取る。

「何してんのお前!?　何してんの!?」

さっきの謝罪《しゃざい》は何だったのか。

「謝ったけどやらないとは言ってないわ」

キリっとした表情でシノはのたまった。

「変なとんち利かせんなや‼」

あと聞くならせめてイヤホンしろ‼

ユカは再びまともなことを言った。

「そのてがあったか」

おおー、と感心しながらシノは鞄《かばん》からイヤホンを取り出す。

「はあ……」

これでようやく静かになる。

ユカは胸《むね》を撫《な》で下ろしながらシノにスマートフォンを返し、席についた。

数分後。

『ジュルッ……‼　ズゾゾゾゾゾゾゾゾゾゾゾ……‼』

排水溝《はいすいこう》みたいな音が教室の端《はし》からこだまする。

何この音。ざわつく教室。ユカはシノに尋《たず》ねる。

「……何聴いてんの？」

「ＡＳＭＲ」

「だからスピーカーで聞くんじゃねえよ‼」

「ちなみに今は耳を舐めてるパート」

「聞いてねぇよ‼」

というか配信してた張本人《ちょうほんにん》なので知ってる。

ちなみにこの後『声、我慢《がまん》しなくてもいいよ……♡』などと言いながらまた舐めることも知ってるのでユカはシノからスマートフォンを奪い取ってアプリを静かに閉じた。

「せめてイヤホンをしろ」

「ごめんなさい」

素直に謝りながらもシノはひとつ釈明《しゃくめい》した。「一度つけたけれど、外したの」

「……何で？」

「いきなり耳を舐《な》められてシンプルに不快《ふかい》だったから」

「…………」ぐさり。

シンプルに不快——ユカの胸に何かが刺さったような気がした。

「そもそもこの人は何で他人の耳を舐めて興奮しているの」

「…………」ぐさり。

「欲求不満なのかしら」

「…………」ぐさり。

「あとこの配信者が機材を舐め回しているシーンを想像してしまって集中できないわ」

「…………」ぐさり。

客観的な視点によって何度も胸を貫《つらぬ》かれたユカはその場に倒れた。

「どうしたのユカ」

「何でもない……」

ＡＳＭＲはまだまだニッチなジャンルである。

一般人には理解できないことが多いのだ。

毎日ファンに囲まれて「かわいい」「だいすき」と定型文みたいな褒め言葉を連呼《れんこ》されまくって勘《かん》違《ちが》いしていたユカはひとりの一般人によってひっそり致命傷を負った。

満身創痍《まんしんそうい》でシノにスマートフォンを返しながらユカは語る。

「とりあえずＡＳＭＲを聴くのはいったん置いといて、普通のゲーム配信でも聞いたら……？」

「ゲーム配信？」

なにそれ、とシノ。

「花鉢ツバキって最近だとソウルシリーズの配信とかよくやってんだろ」

「そうなの？」

アプリを立ち上げ、花鉢ツバキのチャンネルを覗くシノ。

花鉢ツバキは四六時中《しろくじちゅう》ファンの耳ばかり舐めているわけではない。ずらりと並ぶサムネイルの中には、確かにユカが今語った人気ゲームのタイトルがあった。

ふむ、頷くシノ。

ユカを見つめた。

「随分《ずいぶん》と詳《くわ》しいのね」

ぎくり。

「……ど、土日に調べてるときにちょっと配信も見たんだよ」

「そう」

頷くシノの顔は相変わらず無表情。

ひとまずこれでいかがわしい配信をシノが大音量で聴くことはなくなるはずだ——安堵《あんど》しながら、ユカは自分の席へと戻った。

数分後。

「ゆ、ユカち、ユカち‼　大変だよ‼」

パァン！　とユカの机に両手を叩きつけて身を乗り出すのは友人のナナ。二人に遅れて今登校してきたところらしい。

「……どうした？」

ユカは首をかしげるついでに壁《かべ》にかけられた時計を見る。

始業まではまだ時間があるはず——だがナナの様子はどことなく焦って見える。

「何かあったのか？」

尋ねるユカに、ナナは深刻《しんこく》な顔で答えた。

「シノちゃんが学校でえっちなサイトみてる」

「は？」

何て？

「シノちゃんが‼」

「うん」

「学校で!!」

「うん」

「えっちなサイトみてる!!」

「は？」

分割して聞いてみても意味が分からなかった。

お前は何を言っているんだ？

「こっち来て!!」

ナナに手を引かれて立ち上がるユカ。

そのままシノの席の近くまで連行された。

「はー……」

ぽかーん、とバカみたいに口を開けたまま硬直《こうちょく》しているシノの姿がそこにはある。

「何あの顔」初めて見たわ。

「さっきからずっとあんな感じなの」

ナナはユカの制服を引っ張りながら語った。「それよりユカち、シノちゃんのスマホの画面見てみて！」

「画面……？」

硬直しているシノの視線の先にはスマートフォン。

どうやら同じ画面をずっと眺めているらしい。

一体何を見ているのだろう？　ユカはシノの視線を辿《たど》る。

その先にあったのは大体ピンクの画面だった。

濃厚《のうこう》♡
癒やし♡
脳までトロトロ♡

丸っこいフォントと共に、頬《ほお》を上気《じょうき》させたうえで肌《はだ》を露出《ろしゅつ》しているいかがわしい様子のＶＴｕｂｅｒたちが並んでいた。

全国青少年の性癖《せいへき》をぶち壊《こわ》す気満々のサムネイル。

「どこからどうみてもえっちなサイトだぁ……」

シノちゃんが汚《よご》れちゃった……としくしく泣くナナだった。

「…………」

その隣《となり》でユカは閉口《へいこう》する。

先ほどまでアレな内容の配信ばかり聴いていた弊害《へいがい》だった。

ＹｏｕＴｕｂｅは好みに合わせてＡＩが自動判定でおすすめの動画を各アカウントに表示させるシステムになっている。いかがわしい内容の配信ばかり再生すれば、当然そういう内容のものばかりがおすすめ動画に上がってくる。

早い話がＹｏｕＴｕｂｅに『ほうら……こういうのが好きなんだろ……？』と言われているようなもんである。

既《すで》にシノのアカウントに表示されているおすすめ動画の大半が規制《きせい》ギリギリ。

花鉢ツバキのみならずありとあらゆる耳舐めＶＴｕｂｅｒたちが並び、もはやシノのアカウントは卑猥なチキンレース会場と化していた。

「困ったわ」

スマートフォンを眺めたままため息を漏《も》らすシノ。

結局それからユカの手によりシノのアカウントの視聴履歴《しちょうりれき》はリセットさせられた。

（今後はもうちょっと健全《けんぜん》なサムネイルにしよう……）

自身の配信内容のギリギリさ加減に改めて気付かされたユカだった。

「履歴消してくれてありがとう、ユカ」

「おう」

「リセットしたのならもう一度聴いても大丈夫ね」

「やめろや‼」


シノに感づかせてはならない。

慌《あわ》ただしく始まったユカの一日は使命感を帯《お》びていた。

というかバレたら普通に生きていけなくなるので死ぬほど必死だった。

例えば休み時間。

「配信を見ましょう」

シノがスマートフォンを取り出せば、

「し、シノおおおおおおおおおおおおおおおおおっ‼」

ユカはすかさず飛んできて妨害《ぼうがい》した。「き、昨日のアニメ見た？　今期で一番人気のアニメなんだけど。『ここで会ったがn回目』っていうループものなんだけど――」

例えば廊下《ろうか》を歩いている時。

「なにか思い出しそうな気がする」

シノがふと立ち止まれば、

「おらああああああああああああああっ‼」

ユカは背後からシノの肩に手を回す。「い、一緒《いっしょ》に行こうぜシノ。ところでシノ、髪切った？　え、切ってない？　いやあそうだと思ったわ。はははははは‼」

例えばお昼休み。

「…………」

シノがトイレに向かえば、

「っしゃああああああああああああああっ‼」

普通にユカはついてきた。「一緒に入ろうぜ」

「ノー」

さすがに締《し》め出された。

「…………」

とにもかくにもユカはシノが何かをしようとする度《たび》に割って入り、ひたすら話しかけて物事を考える時間を与えなかった。

いくらVTuberとして延々《えんえん》と話し続けることに慣れていたとしても、反応が薄《うす》めのシノに対して朝から夕方まで一方的に絡《から》み続けるのはそれなりに大変ではあった。

『あはっ♡　べとべとになっちゃったね……♡』

大変ではあったが油断《ゆだん》するとすぐにASMR配信を再生し始めるので油断も隙《すき》もならなかった。

「やめろオラあああああああああああああああああああああっ‼」

結果、朝から夕方に至《いた》るまで。

「ああああああああああああああああああああああああああっ‼」

事あるごとにユカは叫《さけ》び続ける羽目《はめ》になった。


放課後。

「はあ、はあ……」

一日を終える予鈴《よれい》が鳴り響《ひび》いた時点でユカの体力は尽きていた。耐《た》え難《がた》いほどの疲労感。

家に帰ってから配信を始める気力すら残されていない。

しかし同時に、大きな達成感がユカの胸には満ちていた。

「やってやったぜ……」

ひたすら妨害を続けた結果、シノが頭を働かせる機会のほとんどを奪うことができた。

少々やり過ぎな気もしたが、ここまですれば花鉢ツバキのことを考える余裕もないはず。

花鉢ツバキの声を一体どこで聞いたのか——思い出すこともないはずである。

これでもう安心！

「思い出したわ」

………。

などと思っている隙に思い出すのがシノという女子高生だった。

「お……思い出したって、何が？」

震える声でユカは尋ねる。

アレのことですか？　もしかしてアレのことですか？

「花鉢ツバキの声をどこで聞いたのか」

アレのことだ……。

「いや、あの、えっと……」

どうしよう。

バレたっぽい。

全身から冷や汗が流れるユカ。

シノは笑っていた。

「花鉢ツバキの声が誰の声と似てるのか——難しく考え過ぎていたみたい」

答えは結構単純だったわ、と。

単純どころか正体は目の前にいるユカである。

（言いふらされたらマジで学校生活終わる——）

誰にも言わないように口止めをしなければ。

「えー？　何の話ー？　お二人とも見つめあって何の話ー？」

ナナが二人の間にひょっこり現れたのはその時のことだった。

「ああ、ナナ。ちょうどよかった。あなたも聞いて。実は——」

「やめろおおおおおおおおおおおおおおおおおおおおおおおっ!!」

疲れ切った体を無理やり動かし、ユカは背後からシノを捕《と》らえる。

片腕は肩に回して抱きしめるように。もう片方の手でシノの口を覆《おお》った。まるで強盗犯《ごうとうはん》。

「もごもごもご」ユカの手の下でなんか言ってる。

「え？　何？　シノちゃん、聞こえないよー？」んー？　と耳を澄ませるナナ。

「もごもごもご」

「シノちゃーん？」

「もごもご」

などと言ってる最中。ユカは背後からシノの耳元に口を寄せる――きっとシノはユカと花鉢ツバキが同一人物であることに気づいている。だから、

「お前がいま気づいたこと、誰にも言わないでもらえるか?」

耳元で、囁くように、念《ねん》を押す。「頼《たの》むから言わないでくれ……」

「もご」

頷いた。

「よし」

離《はな》した。

「実はね、ナナ。花鉢ツバキのことなんだけど――」

「話が違うだろうがああああああああああああああああっ!!」

一秒で裏切《うらぎ》った。

「私は気づいたのではなく思い出しただけ」

「変なとんち利かせるなや!!」

とにかく言うなと再び念を押すユカ。

しかしシノは首を振る。

「頭の中にあるものはきちんと言葉にすべき」

「なんか名言《めいげん》っぽく言っても絶対に言わせないからな!!」

再び強引《ごういん》に口止めするユカ。

「し、シノちゃん……！」

その一方でシノの言葉に勝手に感銘《かんめい》を受けているのがナナだった。

頭の中にあるものはきちんと言葉にすべき——。

花鉢ツバキの配信を見ていた時のことが、ナナの脳裏に蘇る。

『ふふ……♡　次はどっちのお耳がいいのかなぁ……♡』

「あっ……、すっご……」


………。

いや一人でこっそり聴いていた時のことでなく。

シノと二人で花鉢ツバキの配信を見ていた時——。

「感謝されたくない？　名前を読んでもらいたくない？　陰から見守るだけでいいの？」

「い、いいもん！」


悪魔のように囁くシノに、ナナは首を振っていた。

応援する気持ちは胸の内に秘《ひ》めるもの。

花鉢ツバキの配信を見守る名もなき監視者になる。

自身の心にそう誓《ちか》っていたから、ナナはコメントを打ち込むことは、なかった。

けれど本当は他の視聴者のように、大好きだと言葉にして伝えたい。

いつも元気をくれてありがとうと言いたい。

ひょっとしたらシノは、ナナの胸の内に燻《くすぶ》る思いに気づいていたのかもしれない——。

「やめてあげてユカち！」

ナナは背後からユカを抱きしめ、そのままシノから引き剝《は》がす。

「!? は、離せ、ナナ！」

体格的にはユカの方が優位であった。

しかし疲弊《ひへい》した状態のユカにはナナの拘束《こうそく》から逃れるほどの体力は残されていなかった。

「……くっ！」

悔《くや》しさを顔に滲《にじ》ませるユカ。

ナナは背後から、諭《さと》すように語りかけた。

「シノちゃんはこう言いたいんだよ。『応援している人がいるならはっきり口で伝えなきゃダメ』って！」

そうだよねシノちゃん！

期待に満ちた目でナナはシノを見つめた。

シノは答える。

「？　何の話かよく分からないわ」

…………。

なるほど！

「別件だったっぽい！」

「何だそれ!!」

声を荒《あら》らげるユカの後ろでナナはてへへと舌《した》を出す。

「いやあ、てっきり私を勇気づけてくれてるのかと思いまして……」

今の流れで何がどうなったらそうなるんだよ等々、色々と言いたいこともあったがひとまずユカはナナの腕の中で体をひねる。

勘違いなら離してもらえません？

「ユカちって結構抱《だ》き心地《ごこち》いいよね……」

「いや離せや!!」

しかしナナは「なんかいい匂《にお》いもするー」と目を細めるばかりだった。ユカの声などまるで聞こえていないのかもしれない。

そして拘束から逃れられないということは、シノの言葉を止める手立《てだ》てがまるでないということでもある。

「花鉢ツバキの声をどこで聞いたのかを思い出したの」

シノは平べったいトーンのまま語る。

終わった――。

ナナに抱きしめられながらユカはシンプルに思った。

専用マイクに向かって『しゅきしゅき♡』などと囁いていた日々が走馬灯のように駆け巡る。あの日々にはもう戻れない。

家帰ったら動画は全部もれなく非公開にしよう。ついでに明日からはもうちょっと健全な配信を心がけよう――。

さよならみんな……。

「思い出せたのは、ユカのおかげ」

ほぼ放心状態のユカを見つめながら語るシノ。

おかげというか本人ですが。

もはや悪あがきをするような気力もなく、その場で立ち尽くすユカ。「ユカちシャンプー変えた？」「変えてない」「えー？　でもいい匂いするよぉ？」ナナにうなじをすんすん嗅《か》がれながらユカは死刑宣告《しけいせんこく》もといシノの言葉を待った。

五秒後のことである。

「花鉢ツバキは、ユカ」

はっきりとした口調で。

シノはユカを見つめながら、言った。

そう。

花鉢ツバキの正体はただの女子高生。

ユカ――。

「――が言ってたアニメのヒロインと声が似てる」

…………。

？

「何と？」

いま何と言った？

ワンモア。

耳を傾《かたむ》けるユカ。

「ここで会ったがｎ回目」

「は？」

「花鉢ツバキの声、そのアニメのヒロインに似てる」

ここで会ったがｎ回目。

タイムリープするタイプのラブコメ作品であり、今期一の話題作。

そしてヒロインの声は花鉢ツバキと似ている。

「どこで聞いたのかずっと引っかかっていたのだけれど、ユカが今日ずっと話しかけてくれてたおかげで思い出したわ」

ありがとう、と薄く笑うシノを見ながらユカは思い出す。

確かに今日、シノに話しかける過程でユカは何度か『ここで会ったがｎ回目』について話題を振っていた。

「…………」

つまり。

シノはずっと花鉢ツバキの声とアニメのヒロインの声を比較していただけということであり。

そこにユカの声は微塵《みじん》も絡んでない。

自身が花鉢ツバキであることがバレた――というのもすべてユカが勝手に勘違いしていただけのこと。

なるほどなるほど。

そういうことですか。

ユカは一人納得し。

それから言った。

「何だそれ!!」

▽

バレてないなら別にまだ配信しても大丈夫。

その翌日もユカは普通に何事もなかったかのように花鉢ツバキとしてディスプレイの前に立った。

「実はツバキね、最近身バレしそうになっちゃってぇ――」

何なら先日起こった出来事を多少のフェイクを織《お》り交ぜつつ配信内で語るほどに開き直ってもいた。

（これくらいならまだバレないよな……？）

何ならバレるかバレないかのギリギリを狙《ねら》うことも楽しみの一つなのではないかと思うほどだった。

ちょっとぞくぞくする。

まともな振りしてユカはまあまあ頭がアレだった。

夜中の配信は結局長時間に及《およ》んだ。

「それじゃあ今日はこのくらいで。スパチャ読んで終わるねー」

日付が変わった頃《ころ》に雑談は終わり。

配信内でスーパーチャットをくれた視聴者に対して一人ひとりお礼をしてから、配信を閉じることにした。

ちなみにスーパーチャットとは現金を包んだコメントのことである。投《な》げ銭《せん》機能とも言われている。早い話がお小遣《こづか》いみたいなもんである。

名前を一人ひとり読み上げる花鉢ツバキ。

トップ層と違い、ツバキにスーパーチャットでコメントをくれる視聴者の数はさほど多くない。

一人ひとりの名前を花鉢ツバキは覚えていた。

いつもくれる人、時々くれる人。

それぞれに一言ずつコメントしながら、「ちゃんと覚えてるよ」と言外《げんがい》に語りかける。

その日はいつもは見かけない視聴者からのスーパーチャットがあった。

ユーザーネームはハチ。

花鉢ツバキはその名前を見つめて、笑った。

覚えてる。

数日前に何度かコメントをくれた子だ。

「このまえ長文くれたハチさんだよね？　スパチャありがと！」

先日に荒らしのようなコメントを一方的に送りつけてきた時は戸惑《とまど》ったが、今回はとても丁寧《ていねい》で柔《やわ》らかい文体だった。

『いつも元気をくれてありがとう』

『これからもずっと応援しています』

『大好きです』

綴られていたのは花鉢ツバキに対する温かい言葉の数々。普段からこんなふうに思ってくれていたのだろうか。

――頭の中にあるものはきちんと言葉にすべき。

まるでシノの名言っぽい言葉にそっくりそのまま従ったかのように、真《ま》っ直《す》ぐな言葉だった。

ハチさんは一体どんな人なのだろう？

コメントを読みあげながら、ユカは顔も知らない誰かの愛情に、頬を緩《ゆる》ませた。

第九章　＊　やらかし引き出すカツ丼話

家庭科室に女子高生が二人いた。

「カツ丼《どん》作ってみた」

ユカがナナの目の前にどんぶりを置いたのは突然《とつぜん》のことだった。

煮汁《にじる》をほどよく吸《す》った炊《た》きたて白米《はくまい》。黄金色《こがねいろ》の卵《たまご》と絡《から》んだロースカツ。その上に載《の》せた三《み》つ葉《ば》が香《かお》りを引き立てる。とても美味《おい》しそう。

美味しそうだが不可思議《ふかしぎ》だった。

（え？　急にどうしたんだろ？）

座《すわ》ったまま、ナナはユカを見上げる。

凛《りん》とした瞳《ひとみ》。まるでこちらの反応を窺《うかが》うような真剣《しんけん》な表情。カツ丼を作ってほしいと頼《たの》んだ記憶《きおく》はない。なのになぜ？

「…………」

「…………」

よく分からない緊張感《きんちょうかん》が、二人の間に漂《ただよ》った。

この状況に、ナナは覚えがあった。頭の中に浮《う》かんだ映像が、自身の状況と結びつく。

これは。

もしかして。

（――取り調べでは？）

まるで凶悪犯《きょうあくはん》とそれを問い詰《つ》める警官《けいかん》のようだった。

（あれれ？　やば。何？　私、今もしかしてユカちに問い詰められてる？）

「どうした？　早く食べろよ」

（あーすごい見てくる。ぐいぐい見てくる！　絶対これ怒《おこ》ってるよ！　めちゃくちゃ怒ってるよ！）

ナナは一瞬《いっしゅん》のうちに考える。言われた通りカツ丼に手をつけてもいいだろうか？　否《いな》。手をつければ「カツ丼食べられるなら正直《しょうじき》に話せるよね？」と詰められるに違《ちが》いない。

カツ丼に手を伸ばすことはすなわち「私がやりました」と自白《じはく》するようなものである。ゆえに食べてはならない。多分。そんな気がする。

そもそもなぜ取り調べを受けているのだろう？

「えっと……これは一体どういう風の吹き回し……でしょうか？」

「？　何で敬語《けいご》なんだよ」

「いやあちょっと」

取り調べ受けてるみたいな気分なので。

「そっか。まあ流石《さすが》にカツ丼をいきなり出すのはおかしかったか」

「おかしいと言いますか」

取り調べみたいです。


「あたしがカツ丼作った理由《りゆう》……言わなきゃだめか？」

「えっと」

「ていうか言わなきゃ分かんねえの？」

「あの」めっちゃ問い詰めてくるじゃん——と反射的に目を逸《そ》らすナナ。

「あたしとお前の仲だろ？」ナナの肩《かた》に手を置くユカ。

「どういう関係でしたっけ」

「……それも言わなきゃ駄目《だめ》なのか？　ん？」

「えっとぉ……」ナナの頰《ほお》を汗《あせ》が伝《つた》う。


傍目《はため》に見るとそれはカツアゲ現場のそれだった。カツ丼を前にカツアゲ。これが本日のお料理研究同好会の活動内容であった。カツだけに。


「おい目を逸らすんじゃねえよ」

「や、やめてユカち……！　至近距離《しきんきょり》で見つめてこないで……！」

「お前があたしのカツ丼から目を逸らすからだろうが。食べたくないのか？」

「い、いやぁ……食べたくないわけじゃないんだけどぉ……」

「食べたくないならその理由をはっきり口にして教えてくれよ」


やっぱりこれどう考えても取り調べだ！

ナナは確信した。

（私が今日やらかしたことに怒ってるんだ……！）

胸《むね》の鼓動《こどう》が早くなる。まるで激辛《げきから》料理でも食べたように体が熱くなり、そして尚更《なおさら》カツ丼とユカから視線は遠ざかる。

（ど、どうしよう……！　ていうか一体何がいけなかったんだろう……？）

焦《あせ》るナナ。

ユカはじっと見つめながら、

「おい、何とか言えよ」

と低い声で語りかける。

返答次第《しだい》では、殺されるかもしれない――。

頭をフル回転させるナナ。

それはまるで付き合っている彼女から『私が何で怒ってるのか……分かる？』と問い詰められたときの浮気性《うわきしょう》の彼氏のようであり、言い換《か》えるなら逃げ道を探すことに必死になっていたともいえた。

思考の海に潜《もぐ》ったナナは脳内《のうない》で自身のやらかしをリフレインする。

それは今日の朝のこと。

「へいへい、ユカち！」

朝、通学中にユカを見かけたナナは背後から声をかけつつ抱《だ》きついた。二人の間では割とよくあるいつもの出来事。

「おい、あんまりくっつくなよ」

ユカが迷惑《めいわく》そうに眉根《まゆね》を寄せるところまで含《ふく》めて、いつもの出来事。

「……?」

しかし今日はいつもと様子が違っていた――ナナは首をかしげる。「あれれ？ ユカち、ちょっと太った……?」

「は?」

「いつもより抱《だ》き心地《ごこち》がふわふわだねぇ……」

「ぶっとばすぞてめえ」

振り返ってみれば年頃《としごろ》の女子の体重の変化に関して指摘《してき》するなど配慮《はいりょ》に欠けているとしか言いようがない。ひょっとしたらこの、朝の件について怒っている?

（いやでも私みたいな可愛《かわい》い女子高生に抱きつかれたんだからむしろ喜《よろこ》ぶべきだよね……?）

というわけで朝の一件は頭の中から除外《じょがい》するナナだった。

（じゃあ一体――何が原因?）

次から次へとナナの頭をよぎる今日一日のやらかし。

二人揃《そろ》って登校したのちそういえば課題をやり忘れていたことを思い出したナナ。

「ごめんユカち！　見せて！」

「仕方ねえなぁ……」ため息つきながらユカは課題をナナに差し出す。

「ありがと！　愛してる！」

「はいはい」ユカは嘆息《たんそく》しながら「とっとと写せよ？」と一言。

急いでナナは課題を写す。

「あ」

最中に破いた。

「ナナ。その課題、写し終わったらあたしの分も一緒に提出しといて」

「お、オッケー！　任せて！」

結局時間もなかったのでそのままナナは提出した。あとで謝《あやま》ろうと思っていたら放課後になっていた。

昼休みにも一度やらかしている。

「ふふふふふ」

ナナ、シノ、ユカの三人で机を合わせて昼食を取っていたときのことだった。突然無表情のまま笑い出すシノ。

どうしたの？　とナナが尋《たず》ねると、シノは白い粉《こな》を掲《かか》げてみせた。

何だろう？

「ヤバい薬？」

「違うわ」

どうしてそういう発想になるの、と目を細めながら、シノは言う。「昨日《きのう》暇《ひま》だったから激辛ソースを白い粉に変換《へんかん》してみたの。見た目は完全にただの粉末《ふんまつ》。つまり激辛ソースには見えない激辛ソース」

「よく分かんないけどマジで暇だったんだね」

「これさえあれば世のドッキリ企画に革命を起こせるわ」

「ちなみに辛さはどのくらいすごいの？」

「三途《さんず》の川《かわ》が見れるわ」

「多分それ激辛ソースじゃないよ」

劇薬《げきやく》じゃん。

「使ってみる？」

「えー……」

やだよ……、と言いながらも、見知らぬ物に惹《ひ》かれてしまうのが人の性《さが》。ナナは激辛な白い粉に手を伸ばしていた。

「あ」

そして普通に手が滑《すべ》った。

さらさらと白い粉がユカの弁当箱《べんとうばこ》に注《そそ》がれる。そしてこのときたまたまスマートフォンで動画を眺《なが》めながら昼食を取っていたユカは何も気づくことなく粉まみれになった白米を口に運んだ。

「ぐはあああああああああああっ！」

そして普通に倒《たお》れた。

「ゆ、ユカちぃいいいいいいいいいいいいいいっ！」

すぐさまナナに背負《せお》われ保健室に運ばれたユカ。「白米がマグマみてえに熱かった」と一言残して五限の授業はベッドの上で過ごした。

後で謝ろうと思っていたことはもう一つある。

それは六限が始まる前。ユカが教室に戻ってきた時の話だった。

ユカを保健室に運んだり、介抱《かいほう》したり——主に自身のやらかしのせいでユカの世話をしていたナナは昼食をろくに取っていなかった。五限が終わった頃に空腹《くうふく》が限界《げんかい》になり、購買でパンを購入した。残っていたのはチョコココロネ。

休憩時間は残りわずか。ナナは慌《あわ》てて封《ふう》を開けてコロネをほおばる。そしてナナはチョコココロネを食べるのが死ぬほど下手《へた》くそであった。

「あ」

チョコココロネから溢《あふ》れるチョコ。前の席の座面《ざめん》にべったりくっついた。

「——一体何だったんだ？　米が腐《くさ》ってたのかな」

首をかしげながら前の席の女子——ユカが戻ってきたのはその直後であり、それから間もなく六限の授業が開始となった。

結果今もユカのスカートには茶色いチョコがついたままだった。

以上。

思いつく限り、大体四つ程度は今日一日だけでもやらかしている。過去に遡《さかのぼ》りナナが自覚《じかく》していない物も含めるとするなら数はさらに膨《ふく》れ上がることは明白《めいはく》だった。

(一体、何が原因なの……?)

やがてナナはユカに視線を合わせる。

こちらを見つめるユカの視線はいつもよりも鋭《するど》さを増しているように見える。それからゆっくりとユカが口を開き、言葉を語るまでの数秒は、まるで死刑宣告《しけいせんこく》を待つ囚人《しゅうじん》のような気持ちでもあった。

「——なあ、お前が腹《はら》減ったって言うから作ったんだけど。何か悪かったかな」

だからユカが漏《も》らした言葉を聞いたとき、耳を疑《うたが》った。

お腹が減ったと言ったから、作った?

「あたし最近ちゃんとした料理あんまりしてなかったから、たまには作ろうと思ってやってみたんだよ。一口でも食べて評価《ひょうか》してもらえると、その……助かる」

恥《は》ずかしそうに頬をかきながらユカはナナから視線を外す。見ると顔がほんの少し赤くなっているようにも見える。

おやおや?

「え? 何? じゃあ私に取り調べをするつもりで作ったわけじゃない……ってこと?」

「? 取り調べって何のことだよ。カツ丼作ったのは単に材料が余《あま》ってたからだよ」

「あー……」

なるほどなるほど。

勘違《かんちが》い。早とちり。ナナの頭の中で組み立てられていた言い逃れの方法の数々が音を立てて崩《くず》れてゆく。

同時に晴れやかな気持ちが胸の内に広がった。

無罪《むざい》！

「なぁんだ！　ユカちがいきなりカツ丼出してくるから取り調べでもされるんじゃないかと思ったよー！」

「何だそれ」ユカは苦笑《くしょう》していた。

「なんか色々考えちゃった。てっきり朝に抱きついて『太った？』って聞いたことに怒ってるのかとか」

「そんなんじゃ怒らねえって」

「課題を破いちゃったことに怒ってるのかとか」

「ん？」

「激辛の粉を弁当にかけたことがバレたんじゃないかとか」

「は？」

「あとチョコをスカートにくっつけたことがバレたのかとか」

「あ、マジだ」

「色々考えたけど、全部関係ないってことだよね？　まったくもう！　本当にびっくりした！」

「…………」

「じゃ、ありがたくカツ丼は食べさせてもらうね？　ありがと！　ユカち」

ナナの両手がカツ丼に伸《の》びる。

直後にカツ丼が遠ざかった。

「あれれ？」

顔を上げると笑顔のユカがナナを見つめていた。

「今の話、どういうこと？」

課題が破れたことも激辛の粉のこともチョコのこともすべて初耳《はつみみ》だった。

「あ」

両手で口を覆《おお》い隠《かく》すが既《すで》に手遅れ。目の前にいるのは味の感想を聞こうとしている友人ではなく自白を引き出そうとしている警官《けいかん》のようにも見えた。

「詳《くわ》しく話、聞かせてもらえるかな」

いつもよりも割り増しで穏《おだ》やかな口調でユカは首をかしげる。

「えっと……」

再び取り調べのような緊張感が漂い始めた家庭科室の中。

もはや言い逃れはできそうもない。

ナナはため息交じりに、答えた。

「とりあえず、カツ丼いただけますか……？」

第十章　初心者でも簡単！　上手なお魚の捌き方講座

家庭科室のキッチンで女子高生二人がお辞儀《じぎ》した。

「みなさんこんにちは！　ナナとシノのお料理教室にようこそ！」

「ようこそ」

「シノちゃん。今日のお料理は何かな？」

「鯖《さば》」

「そう！　鯖！　今日は鯖を捌《さば》きます！　鯖だけに！　なんちゃってね！　あははははは！」

「…………」

「じゃあやっていきまーす」

花柄《はながら》の可愛《かわい》いエプロン姿《すがた》のナナは鯖をまな板の上に置いた。今日撮《と》る動画では鯖を三枚におろしてから味噌煮《みそに》にする予定だった。

初心者でも簡単に捌けるように、というコンセプトのため、料理に慣《な》れているナナがシノに指示をする形で進行する。

「じゃあシノちゃん、私が言った通りにやってみてね？」

「分かったわ」

「ところでシノちゃん」

「何」

「その格好《かっこう》は何かな？」

ナナは笑顔を貼《は》り付《つ》けたまま尋《たず》ねる。

「これ？」

「うん」

「手術服《しゅじゅつふく》」

水色《みずいろ》の医療用《いりょうよう》サージカルキャップ。水色の医療用ガウン。サージカルマスク。ゴム手袋《てぶくろ》。視線《しせん》の先にいるのはそんな格好をしたシノであり、両手の甲《こう》を向ける様《さま》はまるで手術で執刀《しっとう》する医師のようだった。

「……いや何で⁉」

「今日はメスを入れる仕事って聞いたから」

「解釈《かいしゃく》が違《ちが》うよ‼」

「そうなの？」

両手の甲をカメラに向けたままシノは首をかしげていた。「ちなみにこのポーズは不潔《ふけつ》な物に触《ふ》れないためにしているの」

「聞いてないよっ‼」

「それでは手術を始めます」

「始めないよ！」

「メス」

「何で私が助手《じょしゅ》みたいな立ち位置になってるの⁉」

指示出すのは私なのに！

もはや出だしから完全に想定した内容から逸脱《いつだつ》していることにナナは愕然《がくぜん》とした。「もー！　シノちゃん、こんなんじゃ動画にならないでしょ？」

「そうかしら」

「少なくともこのままの流れだと鯖の味噌煮は完成しなそうだよ……！」

「想定外《そうていがい》ね……」

「それは私のセリフだよ……！」

「でも大丈夫《だいじょうぶ》。想定外の出来事にも対処《たいしょ》するのが医師《いし》だから」

「一応言っとくけどシノちゃんは医師でもなんでもないからね？」

「それでは手術を始めます」

「無視《むし》された⁉」

驚愕《きょうがく》するナナ。

シノはゆっくりと首を振《ふ》りながら、無視したわけではないと訂正《ていせい》する。

「今の私はあなたの友達のシノちゃんじゃない」

「何言ってるの？」

「今の私は――ただの医師」

「ほんとキメ顔で何言ってるの⁉」

「手術を担当する患者《かんじゃ》の前では誰もが平等にただの医師。友達であることは忘れて手術に挑《いど》んでちょうだい」

「お料理動画なのに？」

「私たちで患者の命を助けましょう」

「これお料理動画なのに？」

自身の行動すべてが患者の生死を分ける。

失敗は決して許されない。それが医師である。

ゆえに手術台に向かう医師は極度《きょくど》の集中状態にある。

周りの雑音《ざつおん》は聞こえない――シノもまた、だいたい同じ理由でナナの言葉がまるで聞こえなくなっていた。

「これより手術を始めます」

そしてシノは鮮《あざ》やかな手つきで患者にメスを入れる。

鮮やかすぎる手つきはまるでタクトを振るう指揮者のよう。なんかイケてるＢＧＭが背後《はいご》で流れているかのように錯覚《さっかく》するほどだった。医療系のドラマとかで見たことあるようなないような光景《こうけい》が目の前で繰《く》り広げられてゆく。

「終わったわ」

そして大体一分で手術は終わった。

かたん、とメスを置くシノ。

患者はどうなったのか——ナナが固唾《かたず》を呑《の》んで見守るなかで、シノはゆっくりと手術服を脱ぐ。

そして言った。

「手術は失敗です」

「うん!!」

「患者生き返らなかったです」

「だろうね!!」

「患者が鯖だったのは想定外だった」

鯖は無理。なぜなら私は医師だから。

首を振りながらよく分からない言い訳を並べる天才《てんさい》医師シノ。

「ていうか結局動画の尺《しゃく》を無駄《むだ》にしただけでは……?」

二人の目の前には無駄に三枚におろされたのちに再び縫合《ほうごう》された鯖が転がっていた。「これじゃあ今から捌いてもやらせ臭《くさ》くなっちゃうんだけど……」

抜糸《ばっし》するだけで三枚おろしの状態にできる簡単仕様《かんたんしよう》。

鯖を捌く動画なのに肝心《かんじん》のシーンがまともに撮影できそうにない。

仮にもしも手術のくだりをカットして動画を投稿《とうこう》しようものならコメント欄《らん》で「なんで鯖が縫合されてるんですか?」「鯖なんかおかしくね? 笑」「包丁《ほうちょう》で切るシーン見せろよ」といった挑発的《ちょうはつてき》な

クソガキどもにユカがいちいちイラついて面倒《めんどう》なことになるのは目に見えていた。

「このままでは動画がまともに投稿できなくなるわね。大変」

「まあこうなったのは主にシノちゃんのせいなんだけどね」

「でも大丈夫。ちゃんと対策は練《ね》ってあるわ」

ナナの肩《かた》に手を置きながら、シノは言った。「私に任せて、ナナ」

「シノちゃん……！」

先ほどからふざけてばかりいるように見えるが、シノの目は凛《りん》と澄《す》んでいた。

それはまな板の上の鯖が三枚におろされ、味噌煮になる未来を見通しているかのような、確信に満ちた目でもあった。

シノの雰囲気《ふんいき》が、変わる。

ナナは息を呑む。

二人の間に緊張感《きんちょうかん》が漂《ただよ》う。

そしてシノは棚《たな》から皿を取り出した。

「こちらが鯖の味噌煮になります」

出てきたのは完成品だった。

「何で⁉」

「捌くシーンを全部カットしてもこれで大丈夫」

「捌き方講座なのに捌くシーンをカットしたら私の可愛さしか残らないじゃん！」

「…………」

「黙《だま》っちゃった」

「そんなことは置いといて」

「そんなことって言われちゃった」

「完成品を出すのは間違《まちが》いだったということかしら」

「言うまでもなくね!!」

まったくもう！　と頬《ほお》を膨《ふく》らませるナナ。「とりあえず仕切り直しのためにいったん戻して？　シノちゃん」

「分かったわ」

シノは軽く頷《うなず》き、棚の中に鯖の味噌煮を戻す。

「こちらが鯖です」

代わりに出てきたのは水槽の中を泳ぐ鯖だった。

「戻しすぎ!!」

「戻してって言うから……」

「ちょうどいい感じに戻してよ！」

「要望が多すぎるわ」

「絶対にそんなことないよ……！」

「想定外」

「こっちのセリフだよ‼」

結局シノに再び作業をやらせる気にはなれず、ナナが一から作業を担当することにした。

ちなみに鯖は、もう替えのものがなかったので買ってきた。

「じゃあシノちゃん、私の作業、みててね？　鯖を捌くから」

「…………」

「鯖を捌くから」

「…………」

「また黙っちゃった……」

まな板の鯖を手際《てぎわ》よくナナは三枚におろした。

調理に慣れている人間が作業をすれば滞《とどこお》りなく進行するのは当然のことではあったが、『初心者でも簡単！』というコンセプトにはいまいち噛《か》み合わない結果となった。

後日《ごじつ》、ユカが編集したのちアップロードされた動画『初心者でも簡単！　上手なお魚の捌き方講座』は、お料理研究同好会のチャンネル内でもまあまあの再生回数を誇《ほこ》った。

が、寄せられたコメントの大半が「シノちゃんの手術衣装かわいい」「やっぱりシノちゃんが一番！」「俺《おれ》を手術してくれ」であり、ナナの想定とはいまいち噛み合わない結果となった。

「どう思う？」

コメント欄をナナに見せながら首をかしげるユカ。

ナナはため息ののちに、答える。

「想定外だよ!!」

第十一章 ＊ 牛丼屋と魔王

公園に魔王《まおう》がいた。

「愚民《ぐみん》ども！」

数日前にお試しで異世界《いせかい》から転移《てんい》して以来、魔王はちょくちょく日本《にほん》に遊びに来ていた。

「わらわに恐《おそ》れ慄《おのの》きひれ伏《ふ》せ！　頭《ず》が高いわ！」

愚民を見下ろし魔王は公園で高い場所から叫《さけ》ぶ。

魔王を見上げる愚民は近所の子供。高い場所は滑《すべ》り台のことを指す。どこからどう見てもただの暇人《ひまじん》だった。

「さて、どこから侵略《しんりゃく》してやろうかのう……？」

顎《あご》に手を添《そ》えふむふむと考える魔王。わらわの力さえあれば別に一日あれば征服《せいふく》なんて余裕《よゆう》じゃけど？　どうせ余裕あるし、ゆっくり侵略してやろうかのう――と滑り台の下をちらちら見ながら呟《つぶや》く魔王。恐れ慄け愚民ども。

「なにあの女のひとー」「でけー」「何でツノ生《は》えてるのー？」「コスプレだー」「胸《むね》でけー」「巨乳《きょにゅう》だー」

最近のガキはませていた。

「…………」

魔王は静かに胸元《むなもと》を隠《かく》しながらふむふむと唸《うな》る。

そもそも侵略に必要なものとは何だろうか？　まず最初にすべきこととは何だろうか？　よく考えたら、わらわ侵略とかしたことないわと思いながら魔王は頭をフル稼働《かどう》。

ぐるるるる――何かが唸る音が鳴り響《ひび》いたのは、そのときだった。

「腹《はら》減ったわ」

鳴り響いていたのは魔王の腹だった。そういえば今日は昼ごはんをまだ食べていなかった――思い至《いた》った魔王はまず最初に腹を満たすことにした。

「というわけじゃ。愚民ども。近場《ちかば》でわらわを満足させられそうな店はあるか？」

子供たちは顔を見合わせた。

よく分からないけど知ってるお店を上げることにした。

「近くに牛丼屋《ぎゅうどんや》があるよー」

「よし!!」

まずはそこからじゃ！　魔王は両足を揃《そろ》えて滑り台から降りたのち、そのまま子供たちが見守る中、近場の牛丼屋に向かって消えた。

「愚民どもー？」

と思ったらすぐに戻ってきた。

「牛丼屋ってどこじゃ？」

魔王は異世界人なので牛丼屋が分からなかった。

愚民ども（近所のガキ）に引率《いんそつ》されて近場の牛丼屋までたどり着く。それは平日の昼過ぎのことだった。


「いらっしゃ——うわあ」

何このひと——。

牛丼屋の従業員、雪子《ゆきこ》は一礼《いちれい》したのち閉口《へいこう》した。何かよく分からない格好《かっこう》をしたよく分からない女が入店してきたからだ。

全国展開しているチェーン店。国民に幅広《はばひろ》く愛されているからこそ、稀《まれ》に変わった客が入店することもある。

とはいえいくらなんでも角《つの》を生やしたコスプレ女性の来店は初めてだった。

「ふははは！　ここが牛丼屋か——、魔王城のトイレよりも狭《せま》いのう」

しかもしっかりキャラクターになりきるロールプレイ中のようだった。なんか面倒臭《めんどうくさ》そうな客だなぁと思いながらも雪子は「お好きな席へどうぞ」と声をかける。

魔王はカウンター席に座った。

「おぬしがこの店のマスターか？」

「アルバイトです」

「わらわを満足させる飯《めし》を作れ。さもなくば……分かるな？」

満足させる飯と言われましても。

「ご注文はいかがなさいますか？」

「ここは牛丼屋なのじゃろう？　ならば……分かるな？」

「牛丼ですね」頷《うなず》きながら伝票《でんぴょう》に記載《きさい》する雪子。「サイズはいかがなさいますか？」

「わらわは魔王。そして今、腹が減っておる。ということは……、分かるな？」

「特盛《とくもり》にいたしますね」

はーい、とコップに水を注《そそ》いで置く雪子。

「時におぬし、牛丼とはどのような食べ物なのじゃ？　わらわがいた異世界にはそのような食べ物はない」

「はあ……」

店内は現在、雪子のワンオペ。他の客もいない。誰も見ていないのに魔王のロールプレイを続ける意味が分からなかったがとりあえず簡単に説明することにした。

牛丼とは牛肉《ぎゅうにく》を玉《たま》ねぎと一緒《いっしょ》に醤油《しょうゆ》ベースの味付けで煮込《にこ》んで白米《はくまい》に載《の》せた食べ物であり、発祥《はっしょう》は明治時代《めいじじだい》の日本。牛鍋《ぎゅうなべ》からの派生《はせい》で生まれたものとされている。

「ほう……、なるほど。この世界特有の食べ物、ということか。わらわが見たことも聞いたこともないのも納得じゃな」

「はあ……」

でも日本語喋《しゃべ》ってるじゃん。という野暮《やぼ》なツッコミは胸の内にしまうことにした。

「ちなみにわらわは常時翻訳魔法《じょうじほんやくまほう》を発動させておるからおぬしたちと言葉が通じるのじゃ」

「そうなんですか」

「……って、わらわのことはいいからとっとと牛丼を持ってこんかい！」

「すみません」

聞いてきたのはそっちなのに……。呟きながらも雪子は厨房《ちゅうぼう》に戻る。変な客だが迷惑行為《めいわくこうい》を働いてこない分、まだまともだと自分に言い聞かせて牛丼を作る。

作る、といっても白米をよそって、上に肉を載せるだけ。魔王の元に戻るまで一分とかからなかった。

「……!?　何じゃこの速さは……！　おぬし、魔法使いか……？」

「はあ……まあ」

「魔法が使える料理人、か……我が配下《はいか》に欲しいのう」

魔王と牛丼。

これが初の邂逅《かいこう》であった。

「で、どうやって食べるんじゃ？」

「割《わ》り箸《ばし》使ってください」

「割り箸って何じゃ？　わらわに使い方を教えよ」

「はあ」

雪子に割り箸の使い方の手解《てほど》きを受けたのちに、魔王はどんぶりをかき込む。

「――!?」

雷《かみなり》に打たれたような衝撃《しょうげき》がそのとき魔王を襲《おそ》った。

美味《うま》い。美味すぎる。

「動物の死体によく味が染《し》みておっていいのう！　うまー」

しかし魔王は食レポが下手《へた》くそだった。

よく分からない感想に雪子は再び閉口した。それでも迷惑行為を働いてくるような客よりはマシである。

「──雪子！　なあ雪子！　考え直してくれよ！」

迷惑行為を働いてくるような客よりはマシである。

牛丼屋の自動ドアはどんな客でも拒《こば》まない。たとえそれが別れを告げたばかりの元恋人だったとしても──。

「武《たけし》……！」

反射的に雪子の顔がこわばる。

武。元恋人。雪子の家に転がり込んできたまま、定職《ていしょく》にはつかず、雪子に金をせびる度《たび》にパチンコで溶《と》かして帰ってくる。言動《げんどう》はいつも考えなしで無鉄砲《むてっぽう》。ビッグなミュージシャンを目指すと語ったかと思えばギターを買った直後に飽《あ》き、漫画家《まんがか》になると言い出したかと思えばタブレットを買った直後に飽きる。雪子が愛想《あいそ》をつかしてアパートから追い出したのはつい先月のことだ。

「もうあなたとは会わないって言ったじゃない……！　出て行ってよ！」

「そんなこと言わないでくれよ、雪子！　俺《おれ》、お前じゃないとダメなんだ……！」

「嘘《うそ》！　そんなこと言って！　私のことよりもパチンコの方が大事なくせに！」

「そんなことない！　お前のことを愛してる！　この世界の誰よりも！」

「おぬしー？　オプションの生卵《なまたまご》って何じゃー？」

…………。

雪子は生卵を魔王に差し出した。

「愛してるなんて嘘！　あなたが見てるのは私じゃなくて、私が持ってるお金だけ！」

「違う！　俺が愛してるのはお前だけだ！」

「嘘ばっかり！　もう騙《だま》されないんだから！　早く出て行ってよ！」

「おぬしー？　生卵割《わ》れないいんじゃがー？」

…………。

雪子は代わりに生卵を割ってあげた。

「ひゅー。めっちゃ黄色《きいろ》いのう」卵をかちゃかちゃかき混ぜる魔王。

その横で武は項垂《うなだ》れていた。

「どうしても……俺とやり直すつもりはないのか……？」

「当たり前でしょ！　何度も言わせないでよ！」

「おぬしおぬしー？　これ牛丼の上からかければいいんかのう？」

「そうです」

「なるほどのう」卵をかける魔王。

その横で武はやがて、顔を上げる。

「そうか……俺とやり直すつもりは……ないのか……」

諦《あきら》めたような表情。

恋人との復縁《ふくえん》も、そして己自身《おのれじしん》の人生すらも諦めたような、悲しい表情を武は浮《う》かべていた。

その手に包丁《ほうちょう》を握《にぎ》りしめながら——。

「た、武……！」

「お前を殺して……！　俺も死ぬ……！」

「うまー」

人生初の牛丼に生卵をぶっかけてとろとろ食感を味わう魔王の真横でどろどろの愛憎劇《あいぞうげき》が繰《く》り広げられていた。

「お願い武……！　考え直して！　今なら警察《けいさつ》も呼ばないから……！」

「うるさい、うるさい！　お前が俺の下《もと》から離れるなら、こうするしかないんだ！」

「おぬしー？　この紅生姜《べにしょうが》ってものは自由に使ってもよいのかのう？」

「おいお前！　さっきからうるさいんだよ！　こっちは今、大事な話をしてる最中なんだよ！」

武が持つ包丁の刃先《はさき》が魔王へと向けられた。あまりの空気の読めなさに怒《いか》りをぶつけずにはいられなかったのだろう。

しかし魔王にとって人間が持つ刃物《はもの》など子供のおもちゃと同義《どうぎ》。

「そんなものが何だと言うのじゃ。それより紅生姜は自由に使ってもよいのか？　どうなんじゃ？」

軽くあしらいながら魔王は尋《たず》ねていた。

「え、えっと……、だ、大丈夫です、けど……」

あまりに堂々としている魔王に戸惑《とまど》う雪子。

「ほほう。よいのか。じゃあたっぷりかけるわい」ふはははは。邪悪《じゃあく》に笑いながら牛丼を真《ま》っ赤《か》に染める魔王。さすが魔王。

「て、てめえ……！」

自身を置き去りにして進行されるやりとりが、武の逆鱗《げきりん》に触《ふ》れた。平静《へいせい》さを失い、頭に血が上るままに武は包丁を強く握り締《し》めたまま、魔王の胸に向かって突き出した。

「わらわの食事を邪魔《じゃま》するのか？　貴様《きさま》」

ぱしん。

涼《すず》しい表情を浮《う》かべたまま、魔王は覚えたての箸で包丁を挟《はさ》んでいた。

「――は？」

ありえない。何が起こったのか分からない。箸で包丁が止められるわけがない――呆《ほう》けた顔で武が箸から先を見つめる。

魔王が笑った気がした。

包丁が根元《ねもと》から折れたのはその直後だった。

からん、と金属音が鳴り響く。柄《つか》だけ残された包丁を――既《すで》に刃物としての役割を担《にな》うことができなくなった物を、武は震《ふる》える手で掴《つか》んでいた。

「ま、得物《えもの》さえ失えばもう何もできんじゃろ。痴話喧嘩《ちわげんか》ならよそでやれ」

呆然《ぼうぜん》と立ち尽くす武を尻目《しりめ》に、魔王は紅生姜まみれの牛丼の残りをかき込み、完食した。

「満足じゃ……」

特盛は十二分《じゅうにぶん》に魔王の腹を満たしていた。立ち上がる魔王。

雪子はそんな彼女に深く一礼した。店員としてではなく、命を救われた者として。

「あ、ありがとうございました……！」

「ふん」

魔王は鼻を鳴らしたのちに背を向け歩き出す。「また来る。よい味であったぞ」

異世界からこの世界を侵略するためにきた魔王。人助けなど柄《がら》ではない。今回も食事を邪魔する蝿《はえ》を追い払ったに過ぎない。礼など言われる筋合《すじあ》いはない。あと普通に格好《かっこう》つけ過ぎて恥《は》ずかしかった。

ゆえにできればこのまま退出したかった。声かけないで。

「あの……！」

声かけられた。

「……何じゃ？」

渋々《しぶしぶ》振り返る魔王。

雪子は心から申し訳なさそうに、告げた。

「……お代《だい》、まだもらってないんですけど」

無銭飲食《むせんいんしょく》。

「…………」

「…………」

「――ふっ」

そして魔王は再び歩き出す。

「いやお代……」

「さらばじゃ」

「お代……！」

「もう会うことはないじゃろう」

「食い逃げだ……！」

そして魔王は何食わぬ顔で牛丼屋から出て行った。平日の昼下がりのことであった。


「ちょっと君、いいかな」

青い制服姿の男二人に肩《かた》を叩《たた》かれたのは店を出た直後のことだった。なんじゃなんじゃ？　と魔王が迷惑そうに眉根《まゆね》を寄せると、男たちは穏《おだ》やかな表情を崩《くず》すことなく、「僕《ぼく》たち警察官《けいさつかん》なんだけど」と手帳を掲《かか》げてみせた。

警察官？

「近所の子どもたちを連れ歩いてる怪《あや》しいコスプレ女がいるって通報を受けてね」「ぜったい君のこ

とでしょ」

青い制服の男二人が魔王の前に立ち塞《ふさ》がる。

全身から汗《あせ》が噴《ふ》き出した。

「な、ななな何のことじゃ……？」

「いやいや。嘘ついてもダメだから」「ていうか君、いま無銭飲食したでしょ。おじさんたち見てたよ」

「いや、あの――」

「ひょっとして常習犯《じょうしゅうはん》？」「つーか何この格好。すげえ派手《はで》だなぁ……」

「あの――」

「ま、とりあえず署《しょ》まで来てよ。話聞くから」「このツノ車に乗るかなぁ……」

「えっと――」

「はい、じゃあ行こうねー」「このツノでけえなあ……」

「い、嫌《いや》じゃあああああああああああっ！」

こうして異世界から遥々《はるばる》やってきた魔王はごく普通に警察官に連行された。これもまた平日の昼下がりのことであった。

第十二章 ＊ 幽霊が特に出ない廃ホテル

夜の廃墟《はいきょ》を三人の女子高生が歩いていた。

「うわぁ……物騒《ぶっそう》だなぁ……」

懐中電灯《かいちゅうでんとう》を握《にぎ》りながら、震《ふる》えた声でナナは呟《つぶや》く。

訪《おとず》れた廃墟は薄暗《うすぐら》い林の中。使われなくなって随分《ずいぶん》と経《た》つ廃《はい》ホテルだった。

ナナが左右に懐中電灯を振って照《て》らす度《たび》に、落書きがされた壁《かべ》や床《ゆか》が暗闇《くらやみ》の中から浮《う》かび上がる――どうやら地元の不良《ふりょう》の溜《た》まり場としても利用されていたらしい。

とはいえ、今となっては不良すら足を運ぶことはないだろう。

「ここが例の場所か……」

ナナの隣《となり》で、ユカが呟く。

言葉にした途端《とたん》に自身が置かれた状況を再認識して、ぞわりと背筋《せすじ》が凍《こお》りつく。

ここはただの廃墟ではない。

心霊《しんれい》スポット。

幽霊《ゆうれい》の目撃情報がある場所。

怪奇現象《かいきげんしょう》がよく起こる場所。

地元の人が近寄《ちかよ》らない場所。

三人が今宵《こよい》訪れたのは、概《おおむ》ねそのような場所だった。

「おいシノ、絶対に私たちから離《はな》れるなよ」

振り返りながらユカは語りかける。「はぐれたら色々と危《あぶ》ねえし」

長年手入れがなされていない廃ホテル。

そこらじゅうに役目を終えた物が埃《ほこり》をかぶって放置されており、所々《ところどころ》の床が崩《くず》れて穴が開いている。

廃ホテルは心霊現象だけでなく、物理的な危険にも満ちていた。

「そうね」

お互《たが》い気をつけましょう——軽く頷《うなず》きながらシノはユカを見やる。

表情はいつも以上に険《けわ》しく、緊張感《きんちょうかん》に満ちているように見えた。ユカもまた、ナナと同じくこの状況に恐怖《きょうふ》を抱《いだ》いているのだろう。

「ゆ、ユカち……、大丈夫《だいじょうぶ》？　怖《こわ》くない？」

「は、はぁ……？　ぜんっぜん平気だし……」

斯様《かよう》に語ったとしても恐怖は覆《おお》い隠《かく》せない。

声は震え、懐中電灯を持つ手もまた、震えている。

「ユカち震えてるじゃん……、なになに？　こ、怖いの……？」

「お、お前のほうこそ……」

「わ、私はべつに怖くないし……」

「あたしだって別に怖くなんて――」

――かたん。

二人の会話を遮《さえぎ》るように物音が鳴り響《ひび》いたのは、その時のことだった。

「「ぴゃあああああああああああああああああああっ!!」」

絶叫《ぜっきょう》する二人。

「ゆ、ゆゆゆゆゆゆゆゆゆゆゆ、ユカち！　今の聞いた……？　ねえねえ！　聞いた？」

「お、おおおおおお落ち着けナナ！　多分《たぶん》何かが落ちただけだ！　幽霊なんているはずねえだろ！」

「そ、そうだよね……！　幽霊なんて、いるはず――」

――かたん。

「「ぴゃあああああああああああああああああああっ!!」」

二人の叫《さけ》び声が再びこだまする。

ちょっとうるさい。

「ちょっとうるさいわ」

なので後ろからささやかに苦情《くじょう》を伝えるシノだったが、怖がる二人の耳にはきっと届いていない。現に二人は今も「はわはわ」と涙目《なみだめ》で震えるばかり。きっとこの場に来たことを強く後悔《こうかい》していることだろう。

（どうしてこうなってしまったのかしら）

そもそも一体なぜ三人で廃ホテルなどに足を踏《ふ》み入れることになってしまったのか。

二人の後ろでシノは静かにため息を漏《も》らしながら、今日一日の出来事を振り返っていた。

▽

朝のHR前のことだった。

シノちゃん、シノちゃん！　と興奮《こうふん》しながらナナが私の席《せき》をぱんぱんと叩《たた》く。

「ちょっとうるさいわ」

何？　と首をかしげながら私は見上げる。むふんと得意《とくい》げな顔を浮《う》かべるナナがそこにはいた。

何その顔。

「心霊スポットに行ってみたいと思わない？」

何その発言。

突然《とつぜん》どうしたの？　私は首をかしげて無言《むごん》で見つめる。

「ふふふ。シノちゃん。突然どうしたの、って言いたげな顔をしているね！」

付き合いが長いせいかナナは私の仕草《しぐさ》一つで言いたいことを理解していた。「もちろん私が突然こんなことを言い出すには深い理由があるんだけど」

「そうなの」

「なんか心霊スポット探索《たんさく》とかしてみたら面白いかなって思って」

「なるほど」

どこが深いの？

「というわけで今日はお料理研究同好会で心霊スポットに行くよ！」

「初めて聞かされたけど」

「大丈夫！　ユカちにもまだ話してないよ！」

「二人とも強制参加なのね」

「ところで話は変わるけど、シノちゃんさぁ、心霊スポットとか心当たりないかな」

「しかも場所選びは他力本願《たりきほんがん》なのね」

「できれば幽霊が出てくる噂《うわさ》とかがある場所だといいかも！　あと心霊番組とかでも取り上げられてないような穴場《あなば》だと更《さら》にいい気がする！　あ、でも行ったら絶対に呪《のろ》われるところとかは勘弁《かんべん》してほしいかな！」

「注文が多いわね」

「どうかな⁉　あるかな⁉」

「ふむ……」

私は腕《うで》を組み、瞳《ひとみ》を閉じて、頭の中のデータベースを探ってみた。

常日頃《つねひごろ》から本を読んで過ごしているおかげだろうか。「心霊スポット」というワードで検索にかけてみれば、私の記憶《きおく》の中で思い当たるものがいくつかあった。

事故物件。廃墟。都市伝説の舞台。

そのような場所は日本全国津々浦々《つつうらうら》に存在する。

私たちが住む織上町《おりかみちょう》も例外ではない——心霊スポットのために遠征《えんせい》は避《さ》けたいから近場《ちかば》で探してみる。

どこかいい場所はないかしら。

「おうシノ、ナナ。何やってんの」

ユカが私の肩《かた》に触《ふ》れたのは考え事をしている最中のことだった。

「………………」

けれど記憶を探ることで忙《いそが》しい私はただ沈黙《ちんもく》を返すだけ。

代わりにナナが説明してくれた。

「実は私たちで心霊スポットに行くことになったの」

「へえ。どこ行くの？」

「いまシノちゃんにいいところがないか考えてもらってるとこ」

「なるほどね」

「ユカちはどこか面白そうなところ知らない？」

「しらね」

「そっかぁ。一応三人とも心霊スポットは初めてだし、危険すぎないところの方がいいよね？」

「ああうん。……三人って誰？」

「私とシノちゃん、あとユカち」

「え、あたしも参加なの」

思い出した。

「心霊スポット。いいところがあるわ」

「さすがシノちゃん！　じゃあ今回はそこに行くことにしよう！」

「いやちょっと待て何であたしまで参加することになってんだよ!?」

私は記憶の底から引っ張り出してきた心霊スポットの住所をナナのスマートフォンに綴《つづ》ってゆく。

「ここなら結構満足できると思うわ」

「わーい！　さすがシノちゃん！　ありがと！」

「あたし絶対参加しないからな!!　絶対参加しないからな!!」

そして夜に三人で公園に集合した。

「クソッッッッッッッッッッッッッッッッ!!」

ちなみにユカはナナが強引《ごういん》に家から連れ出した。

盛大《せいだい》に舌打《したう》ちしながらもユカは動きやすそうな格好《かっこう》をしていて、懐中電灯も装備していた。嫌《いや》がりながらもひょっとしたら待っていたのでは？

私たちは思った。

「ユカちったら素直《すなお》じゃないねぇ。本当は私たちに呼ばれるの待ってたんでしょ？」

ナナは指摘《してき》した。

「オラァ!!」スパァン！

「ぴゃあああっ！」

結果ナナはお尻《しり》を蹴《け》られてた。

聞かなくてよかったわ。

「で、その心霊スポットってのはどんなところなんだよ」

私に尋《たず》ねながら、ユカは「とっとと終わらせようぜ」とため息を漏らす。

「大体こんな感じよ」

私はスマートフォンに綴ったメモをユカに見せる。


『廃ホテル』

織上町の某所《ぼうしょ》にあるホテル。

1980年代まで営業していたが、何らかの理由で廃業《はいぎょう》。支配人は何らかの理由で行方不明《ゆくえふめい》。以来、取り壊《こわ》しもされずに残されている。

営業していた当時から心霊現象が多数報告されており、飛び降り自殺なども起こったとか起こっていないとか言われているが詳《くわ》しいことはよく分かっていない。とりあえず心霊スポットとしてそこそこ有名。


以上。

どう？

「なんかどこかで聞いたことありそうな感じの心霊スポットだな」

全国どこにでもありそう、とユカ。

「心霊スポットにレパートリーを求めてはだめ」

「まあ心霊系の番組とか動画も毎回おんなじような流れだしね」

お尻をさすりながらナナは言う。

そうそう。

「よく分からねえけどお前らが心霊スポットをナメてることだけは分かったわ」

「ちなみにこの廃ホテル、地元の人たちは怖がって近寄らないらしいわ」

「なにそれ！　すごい怖いってことだよね、期待度高まるかも！」おおー！　と目を輝《かがや》かせるナナ。

隣でユカが首をかしげた。

「でもその心霊スポットがあるのって、織上町だろ？」

「そうだね」「ええ」

ちなみに織上町は私たちの地元。

「じゃああたしたちも地元の人ってことにならねえ？」

「いこっかシノちゃん」「そうね」

「無視すんなや!!」

とりあえず三人で廃ホテルに向けて出発した。

噂の廃ホテルは待ち合わせ場所から大体十分くらいのところにあった。

「すげえ近所じゃん」

というユカのツッコミは無視して私とナナは懐中電灯を建物に向ける。

街灯《がいとう》もない林の中にぽつんと立っている廃ホテルは窓が規則正しく並び、大きな入り口がぽかりと口を開けている。

当然ながら明かりはついていない。人もいない。ライトを揺《ゆ》らすたびに影が動いて、まるで中で得体の知れない何かが蠢《うごめ》いているようにも見えた。

「ちょっと気味悪いね……」

ぽつりと呟くナナの表情は強張《こわば》って見える。

遊び半分でここまでやってきてしまったことを早くも後悔しているのかもしれない。

「引くなら今のうちだぞ」ナナの胸中を察《さっ》したようにユカがにやにやしながら小突《こづ》く。

「ゆ、ユカちこそ引くなら今のうちだよ！　私は全然怖くないし」

「は？　あたしも全然怖くないけど。こんなところお散歩《さんぽ》気分で簡単に行けるわ」

「へぇえー？　でもその割には足がぷるぷる震えて――」

「オラァ!!」スパァン！

「ぴゃあああっ！」

「次あたしにナメた口をきいたらお前の尻を真《ま》っ二《ぷた》つに割る……」

「お尻は最初から二つですけど⁉」

「縦《たて》にじゃねえ。横に割るんだよ」

「ユカちは悪魔《あくま》か何かなの？」

「どうでもいいけどホテル入る時はお前が先頭になれよ。次があたし。最後がシノの順だ」

「私のお尻を狙ってる人を後ろに配置したくないんですけど‼　ユカちが先頭になってよ」

「いや無理」

「えー？　何？　ひょっとして怖――」

「オラァ‼」スパァン！

「ぴゃああああっ！」

廃ホテルを前にしても二人はいつも通りの様子を見せていた。

「シノちゃん、ユカちが私のお尻狙ってくる‼」と泣きついてくるナナをよしよししながら私は改めて廃ホテルを見上げる。四角い箱のような形の建物。暗闇の中で佇《たたず》む様子は不気味《ぶきみ》の一言に尽きる。けれどそれはさておき私は一つ違和感《いわかん》を覚えた。改めてスマートフォンを手に取り織上町にある廃ホテルをネットで検索する。写真を見る。もう一度見上げる。ふむふむ。私は確信した。


――場所、間違《まちが》えちゃった。

記憶を頼《たよ》りにナナのスマートフォンに住所を打ち込んだのが失敗だったわ。間違えて入力してしまったみたい。

実際に廃ホテルがある場所は正反対。

よく見たらここ全然違う場所だわ。どここここ。何ここ。一応昔使われていた宿泊施設《しゅくはくしせつ》のようだけれども、心霊スポットではないわ。ただの廃墟だわ。

「何度見ても雰囲気ある建物だよねぇ……今にも幽霊出てきそう」

たぶん幽霊出てこないわ。

だって心霊スポットではないもの。

「飛び降り自殺が起きた場所……ってさっきシノも言ってたよな。恐ろしい場所だぜ……」

震えるユカの隣で私はライトで屋上を照らす。二階建て。

これ多分飛び降りても死なないわ。

「さあユカち、シノちゃん！　それじゃあ心霊スポット探索に行くよ！」

ああどうしよう。このままでは二人が全然何でもないところに足を踏《ふ》み入れることになってしまうわ。

入る前に止めないと……。

「――ねえ、二人とも」

横に並んで歩き始めた二人の背中を私は呼び止める。

振り返るユカとナナ。

何と言って伝えればいいのか私は迷った挙句《あげく》、「ここに入るのはやめましょう？」と提案する。

ナナは驚いていた。

「……！　あのシノちゃんが警告をしてくるなんて……！　本当に怖いところなんだね……」

いやそういうわけじゃないけど。

「でも大丈夫だよ、シノちゃん！」

ナナは私に駆《か》け寄り言った。「三人ならどんな場所でも怖くない！」

いや本当にそういうわけじゃないけど。

「あの――」

「さあシノちゃん！　行くよ！　みんなで心霊スポットを乗り越えよう！」

「いや――」

ユカも何か言って。

「シノ。大丈夫だって。何かあったらあたしが守る」

いや多分なにもないと思うけど。

「ここまで来たら逃げるなんてできねえって。三人でとっとと終わらせようぜ」

どうして変なところで思い切りがいいの？

「さあ行くよユカち、シノちゃん！」「ああそうだな」

直前までどうぞどうぞと先頭を押し付けあっていた二人は結局それから仲よく肩を並べて廃墟へと足を踏み入れる。

ああどうしよう。ここは心霊スポットでも何でもないのに。

私は思った。

（まいっか）

思ったけれども考えるのが面倒《めんどう》になったので二人の背中を追いかけて一緒に入ることにした。

「ぴゃあああああああああああああああああああああああっ!!」

そして廃ホテルに叫び声がこだまする。

二人はどこからともなく響いた物音に「はわはわ」と怯《おび》えていた。思い切りがいいのに二人は中に入ると途端《とたん》にダメになった。

「大丈夫。物が落ちただけよ」

音がした方向をライトで照らしながら私は嘆息《たんそく》を漏らす。

「し、シノちゃん……！　さすが冷静だね」

「ええ」

だってここ心霊スポットじゃないもの。

ただのホテル跡地だもの。

ナナたちにとってはそうではなかったみたいだけれども。

「ゆ、ユカち、シノちゃん……！　これを見て！」

ナナが明かりを扉に向けて照らす。「これは……何の部屋だと思う？」

そこには数字。

１０３と書かれていた。

ユカは顎《あご》に手を当て唸《うな》る。

「これは……一体何の数字なんだ……？」

部屋番号でしょ。

「分かんない。ひょっとしたら何かの暗号かも」

部屋番号だってば。

「とにかく開けてみようぜ」

ユカは扉に手をかけ、開く。

ギイイ——とそれっぽい感じの音をたてながらも中が露《あら》わになる一室。

「……!?　こ、これは——！」

ナナは中を覗《のぞ》き込んで驚愕《きょうがく》する。六畳《ろくじょう》程度の一室。広くもなければ狭《せま》くもない。

視線はその中央に注がれていた。

「何でこんなところに椅子《いす》が……？」

………。

いや。

椅子くらいあるでしょ。

だって宿泊施設だもの。

「椅子だけじゃねえ」ユカがライトで中を照らす。「見ろよ。部屋の隅《すみ》にはベッド、それにテーブルも置いてある」

普通の部屋だわ。

「不気味《ぶきみ》だね……」

「ああ……」

あなたたち今までどうやって生きてきたの？

ここに来た経緯《けいい》すら忘れてしまったのかと思えるほどに没入《ぼつにゅう》しているユカとナナに私は横から小声で突《つ》っ込《こ》む。

探索はそれからも続いた。

「きゃああああああああああああああああああああっ‼」

突然の叫び声。「見て二人とも！　この部屋！」

ナナがライトで他の部屋の中を照らしていた。

一体何事？

私とユカが覗き込む。

「おいおい嘘《うそ》だろ……！」

ナナと同じようにユカもまた、驚愕。

そのうえで言った。

「他の部屋にも……同じ椅子がある……！」

あるでしょ。

それはあるでしょ。

だって宿泊施設だもの。

「い、一体どうなってるの……⁉　まるでまったく同じ部屋がいくつもあるみたい……！」

ばかなの？

二人はここに来てばかになったの？

「くっ……異様《いよう》な雰囲気《ふんいき》だな……頭がどうにかなりそうだぜ」

もうなってると思うけど。

ともかく私たちは進む。

「妙《みょう》だな……」

それから二階に上がった頃のことだった。

ユカが立ち止まり、難しい顔を浮かべた。

「？　どうかしたの？　ユカち」

廊下《ろうか》を照らしながらナナは首をかしげる。

その後ろで私はスマートフォンを手に取り、現在位置の住所を検索にかけた。

ヒットしたのは数年前まで営業していた小さなホテル。もちろん心霊スポットと噂されている場所じゃない。

「今まで見てきたどの部屋も状態があまりにもよすぎる」

「確かに……。廃墟ならもっと荒《すさ》んでてもおかしくはないよね」

ちなみにこのホテルの倒産理由は経営不振。シンプルだわ。

客がいなすぎて閉鎖《へいさ》したから綺麗《きれい》なまま残されているのでしょうね。

「なあ、このホテルのオーナーは行方不明になってるんだよな？」

「シノちゃんが言ってたね」

それ別のホテルの話だけど。

「ひょっとしたら……、神隠《かみかく》し……みたいなものに遭《あ》ったんじゃないのか？」

「⁉　ユカち、それって――」

「オーナーが行方不明になり、ホテルは閉鎖せざるを得なくなった……。いつでも営業ができそうな状態のままホテルが残されているのは、そんな理由のせいなんじゃないのか？」

なわけないじゃない。

「……ユカち、鋭《するど》いね！　それあり得るかも……」

ちなみにこのホテルのオーナーは普通にいまも健在《けんざい》で現在は牛丼屋《ぎゅうどんや》を営んでいるそうよ。ネットに書いてあるわ。

「どうやらあたしたちはとんでもないところに迷い込んじまったみたいだな……」

普通に人気なくて閉業《へいぎょう》しただけのホテルだけど。

「そうね」

いちいち突っ込むのも面倒だったので私は後ろで首肯《しゅこう》しておいた。

「あ」

ほどなくした頃に私は前を歩くナナのスカートにゴミがついていることに気づいた。

ユカに蹴られたときについたものかもしれないわ。

とってあげましょう。

「⁉」

直後だった。

ナナの背筋《せすじ》がピンと伸《の》びる。

「いま誰かに触《さわ》られた！」

「ごめんなさい私」

「ううんシノちゃんじゃないよ！」

「いや私だけど」

「違うもん！　シノちゃんみたいな触り方じゃなかった……！」

「あなたは何を言ってるの」

「おい……それってひょっとして……！」驚愕するユカ。「幽霊がお前に触った……ってことか？」

だから私だってば。

と目を細める私の横でナナは何度も頷いた。

「でも、一体どうして私のことを触ったりしたんだろう……」

ゴミがついてたからだけど。

「ひょっとしたら幽霊がお前のことを狙ってるのかもしれねえ」

やめて。

「えっ……や、やだもう……、幽霊にもお尻狙われちゃうくらいに私って魅力的《みりょくてき》ってこと?」

ほんとやめて。

「気をつけろよ。油断《ゆだん》してたら取《と》り憑《つ》かれるかもしれないからな」

「う、うん……」

私たちは再び歩き出す。

そして五分後。

「う、ううう……うう……」

取り憑かれた。

「おい、しっかりしろ、ナナ! ナナ!」

ナナの肩を揺らしながら呼びかけるユカ。

「うううう……ううう……!」けれどナナは苦しそうに呻《うめ》くだけで、言葉に応じる気配はない。

………。

いやいや。

「さすがにこれはない」

私はその場で首を振った。

人の思い込みの力は強い。

効果の強い風邪薬《かぜぐすり》だからと医師から渡されたものがただのビタミン剤《ざい》であっても、言葉を信じる力のおかげで治《なお》ることがある。プラセボ効果と呼ばれるもの。

心霊現象なども同じように思い込みによる影響のせいで怪奇現象を錯覚《さっかく》してしまうことがあると聞いたことがある。

ここにきてからの二人も大体同じような事情で色々と誤解してしまっているのだろうと思ってスルーしてたけれども。

「うううううう……わ、私はナナではない……！　触るなぁ！」

さすがにこれはない。

「くそっ……！　悪霊《あくりょう》が取り憑いてやがる……！」

心霊スポットを訪れた落ち目のアイドルの末路《まつろ》を見ているかのようだわ。

「一体どうやったらナナは元に戻るんだ……！」

「叩けば治るんじゃない」

「そんな古い家電みてえなやり方で治るわけねえだろ！」

怒《おこ》られちゃった。

結局、ナナが悪霊に取り憑かれたか何かしたために心霊スポット巡《めぐ》りは一時中断。

往年《おうねん》の心霊系の番組や動画がそうしてきたように、取り憑かれた哀《あわ》れな女の子を救うために急遽《きゅうきょ》除霊《じょれい》を実施《じっし》することにした。

「しっかりしろよ、ナナ！」

「ううう……うう……！　私は、ナナではなぁい……！」

手垢《てあか》べたべたの展開に私は閉口《へいこう》しながらもナナたちに続いた。

それから訪れたのは近くの神社《じんじゃ》だった。

「あん？　こんな夜更《よふ》けに一体何の用だい？」

私たちの呼びかけに出てきたのは神主《かんぬし》のおばさま。

ユカが懇切丁寧《こんせつていねい》に事情を説明してくれた。心霊スポットの廃ホテルに遊び半分で行ってみたら取り憑かれてしまって云々《うんぬん》。

「あんたらまさか……例の心霊スポットに行ったんか！」

そう言ってるじゃない。

神主のおばさまは私たちを奥へと通すなり「あの廃ホテルは霊の溜《た》まり場になっとる！　遊び半分で行くような場所じゃない！」とお説教。

私たちそこ行ってないけど。

別の場所だけど。

「ううううう……うう……！」

そして尚《なお》も呻き続けるナナ。

神主のおばさまはそんな彼女を見つめてため息を漏らした。

「こりゃあ重症《じゅうしょう》だねぇ……！　とんでもないことになっとるわい！　このまま放置したらとんでもないことになるよあんたたち！」

「放置するとどうなるの」

「死ぬッ!!」

「こいつ随分《ずいぶん》大きく出たわね」

「こらシノ！　静かにしろ」

慌《あわ》てて私の口を塞《ふさ》ぐユカ。

こいつペテン師よ。信用ならないわ。絶対まともに相手したらダメなやつだわ。という私の言葉はすべてユカの手によって「もごもご、もごもご」という言葉にならない言葉に変換《へんかん》された。

「どうするね？　今すぐお祓《はら》いをしなきゃならんけど……、あんたたち、金はもっとるんかね？」

「金ならあたしが払う。すぐに治療《ちりょう》してくれ」

「もごもご」

ユカはお祓い料として3万円を包《つつ》んでおばさまに渡した。

「毎度あり。へへっ」

「もごもご」汚《きたな》いババアだわ。

「ナナを治してやってくれ……！」

祈《いの》るように頭を下げるユカ。ついでに私も一緒に頭を下げさせられた。

「もちろんさね。あとはこのババアに任せなさい」

無駄《むだ》に堂々《どうどう》としているおばさま。

すぐさまナナの除霊のための準備に入った。私たちは神社の奥——広間へと通された。おばさまはその中央にナナを座らせ、私たちに端《はし》っこの方で座っているように命じた。

言われた通りに私たちは部屋の隅に正座《せいざ》する。

一体どんな方法でお祓いをするのかしら。

「ううううう……ううう……！」

部屋の中央。ナナはうずくまり、唸る。

「あんたがナナちゃんだね……」

優しく語りかけながら、おばさまはナナの目の前に腰《こし》を下ろす。

そして肩に手を添《そ》え。

「カァッ‼」

パァン！

思いっきり平手打《ひらてう》ちした。

「カァッ‼」

パァン！

平手打ちした。

…………。

「ねえねえ、ユカ。叩いてるわ」

「しっ！　シノ」

「古い家電みたいなやり方で治してるわ」

「静かにしてなさい」

怒られちゃった。

それからおばさまは何度も何度もナナを往復《おうふく》ビンタ。

こんなので治るのかしらと私は眺《なが》める。

「あれれ？　私はいったい何を――」

「カァッ‼」

パァン！

「いったああああああああああああああああああああっ‼」

治ったわ。

私はすぐさまナナのもとに駆け寄った。

「ナナって古い家電と同レベルだったのね」

「私何でいきなり罵倒《ばとう》されてるの⁉」

そんなこんなでナナは元に戻り。

私とユカはいつも通りの彼女に安堵《あんど》した。

「よかった……一時はどうなるかと思ったよ……」

ユカは泣いていた。３万円をおばさまに奪《うば》われた心の傷が癒《い》えていないのかもしれない。

一体なにがあったの？　とナナは目を白黒させる。泣いているユカの代わりに私が事情を説明してあげることにした。

どこから説明すればいいかしら。

「廃ホテルを探索している最中にナナが幽霊に取り憑かれたの」

「うん」

「それでユカがナナをここまで連れてきて、除霊してもらったの」

「うん」

「ちなみに余談《よだん》だけれど今回行った廃ホテルは心霊スポットでも何でもなかったわ」

「うん。……うん？」

「よくみたら住所間違ってたの」

「シノちゃん？」

「つまりナナは普通に何もないただの廃墟で普通に具合《ぐあい》悪くなっただけ。ついでに言うと、ユカもただのペテン師に３万円を献上《けんじょう》したことになるわ」

「シノちゃん？　今何かとんでもないこと言ってない？　シノちゃん⁉」

「思い込みの力の凄《すさ》まじさを改めて実感した一日だったわ」

「シノちゃん！　ユカちが倒《たお》れた！　ユカちいいいいいいいいいっ‼」

叫ぶナナ。

「また除霊が必要かい⁉」

飛んでくるペテン師。

「なんかよく分かんないけど結構です‼」

ぴしゃりと断ってから、ナナはユカを抱《かか》えて神社を後にした。

余談だけれどユカは後日《ごじつ》きっちり3万円を回収したそう。

「どうやって回収したの」

と私が尋ねると、ユカは「ケツを割った」とだけ答えた。

なるほど。

「老人虐待《ろうじんぎゃくたい》よ」

「冗談《じょうだん》に決まってんだろおめえ」

そう言ってユカは笑いながら、私の肩を軽く押したのだった。

▽

数日後のこと。

「いやあ……まさか心霊スポットじゃないとはね……」

私から改めて廃ホテルの事実を聞かされて、ナナはがっくりと肩を落とした。

期待させてごめんなさい。

「いや、べつに期待してたわけじゃないんだけど……」ナナは頬《ほお》を少しだけ染《そ》めて私から視線を逸《そ》らす。「心霊スポットでも何でもないところなのにちょっと怯え過ぎだったよね、私たち……」

「傍目《はため》に見てるぶんには面白かったわ」

「もー！　止めてくれてもよかったじゃん、シノちゃん」

むーむー、頬を膨《ふく》らませるナナ。

心外《しんがい》だわ。

「何度も訂正《ていせい》しようとしたわ」

でも全然聞かなかったんだもの。と私はため息をつく。「けれどナナもユカもあそこが心霊スポットだと信じて疑わなかったんだもの」

思い込みの力は凄まじいもの。

「まあ、『ここが心霊スポットだ！』って思いながら行っちゃうと、何でもないものでも怖いものに見えちゃうものなんだよね」

ただ具合が悪くなっただけでも取り憑かれたように思えちゃうものなの。と過去の自身を擁護《ようご》するように肩をすくめるナナ。

「そういうものかしら」

「そういうものだよ。ほら、みてみて」

ナナは言いながらパソコンのディスプレイを指差す。

どうやら心霊スポット――でも何でもない廃ホテルに行ったときに、映像を撮影していたらしい。

十分程度の短い動画にまとめてお料理研究同好会のアカウントにアップされていた。

タイトルは『廃ホテルに行ってみた！』という手垢《てあか》べたべたなもの。

そして再生回数はそこそこ。

動画の下――ナナが指差す先には、動画を見た人たちからのコメントが寄せられている。

『すごい！　こんなにリアルな心霊映像は初めて見た！』

『あんまりにも怖くて背筋が凍りつきました！　ところでナナちゃんはその後大丈夫でしたか？

私も実はいわゆる〝憑かれ易《やす》い〟側なんですけど、ナナちゃんの症状を見たところ、非常に強力な悪霊《あくりょう》の気配が見えました。とても心配です……』

『2:55に男の影が見えます！』

『6:21のところ、「たすけて……」って声が聞こえませんか？』

『ヘッドホン推奨《すいしょう》！　4:11に女の声！』


などなど。

…………。

改めて言っておくと私たちが行った廃墟は別に心霊スポットでも何でもないし、幽霊の噂もない。

当然ながら動画のコメントで寄せられているような現象や声も私たちは確認できていない。

のだけれど。

ナナはため息を漏らしながら、コメント欄《らん》を眺めて言った。

「やっぱり思い込みってすごいねえ……」

私は強く頷く。

まったくもってその通り。

第十三章　＊　通話しながらのお勉強会

「へいへいユカち。こちらナナでーす。聞こえてる？」

『おう。聞こえてるよ』

「昨日《きのう》ぶり！」

『はい昨日ぶり。急にどうした？』

「ちょっと声が聞きたくなって」

『恋人かよ』

「ユカち今なにしてるの？」

『作業が終わって休憩《きゅうけい》してるとこ』

「なるほどね」

今日もお疲《つか》れ様♡

『？　今何か変な声が聞こえたような……？』

「ちなみに私は今何をしているでしょー。当ててみて？　ユカち」

『え？　あ、ああ……。勉強中、とか？』

「おおー！　正解！　何で分かったの？」

『なんとなく。テストも近いし、今回は早めに勉強に取り掛《か》かってるんじゃねーかなって思っただけ』

「でも勉強中ってさ、お耳が寂《さび》しくなるもんじゃない？」

『それで暇《ひま》だったから掛けてきたってわけね。なるほど』

「そういうこと！　ちなみにシノちゃんも通話に誘《さそ》ってるよ」

『まだ来てないみたいだな』

「まあ待ってれば来るでしょ。とりあえずユカちは私の勉強が終わるまで……切らないでね！」

『へいへい。まあいいよ。あたしも暇してたし』

いっぱい頑張《がんば》ってえらいね♡

『……ところで一個聞いてもいい？』

「どうしたの？」

えらいえらい♡

『なんかさっきから聞こえるんだけど何この声』

「ＡＳＭＲ」

『お前通話しながら何聞いてんだよ!!』

よしよし♡

『うるせえなあ！』

「勉強中ってお耳が寂しくなるじゃん……？」

『あたしに通話するか音声聞くかどっちかにしろや‼』

「私……強欲《ごうよく》な女なんだよね……」

『やってることはただのバカだけどな‼』

じゃあ……耳かきからしていこっか……♡

「まあユカちとの通話には影響《えいきょう》ないと思うから安心して？」

『……まあ、それならいいけど――』

グゴッ！　ゴゴゴゴゴゴ……！

『何の音だよ‼』

「あ、耳かきパートに入ったみたい」

『おまえどのデバイスでASMR聞いてんだよ』

「バカでかいスピーカー」

『近所迷惑《きんじょめいわく》！』

気持ち……いいかな……？

『うるせえよ！』

「ちなみにユカちとの会話はイヤホンで聴いてるよ」

『普通逆だろ！』

「推《お》しのASMR配信をイヤホンで聴いたら距離《きょり》近すぎてちょっと頭がバカになっちゃうから……」

『スピーカーでASMR聴こうとする発想出てくる時点で既《すで》に相当バカだから安心していいぞ』

「ひどい！　私のことバカバカって連呼《れんこ》して！　ユカちのことなんて嫌《きら》い！」

大好き……♡

『なんか質《たち》の悪いツンデレみたいに聞こえてくるわ』

「大好き……♡」

『お前までやるな』

「ユカちのバカ♡　あほ♡」

『語尾《ごび》にハートつければ何言っても許されると思うなよ』

「頭すかすか♡」

『万年赤点とってるやつがよく言うわ』

「推しの声を真似《まね》してみたんだけど、似てた？」

『つーかそもそもその推しとやらの声、あたしにははっきり聞こえてないんだけど。どこの誰？』

「ツバ子！」

『ツバ――は？』

あっ、今びくってしたでしょ……♡

可愛《かわい》いね……♡

「花鉢《はなばち》ツバキって知ってる？　私の推しのVTuberなんだけど――」

『……!?　!?　……っ!!』

「ゆ、ユカち⁉　どうしたの⁉　何か物凄《ものすご》い音が響《ひび》いてるけど！」

『い、いや……何でもない。……何でもない』

「何でもなさそうな感じじゃなかったけど」

『ちょっとテーブルぶっ壊《こわ》しただけだから。気にしないで』

「何でもなさそうな感じの出来事じゃないんだけど」

ツバキでいっぱい、癒《い》やされていってね……♡

『ぐああああああああああああああああっ‼』

「ゆ、ユカち⁉」

すきだよ……♡

『うわああああああああああああああああっ‼』

「ユカち⁉　本当に大丈夫《だいじょうぶ》⁉」

『だ、大丈夫だから……マジで……気にすんな……はあ、はあ……』

「なんか大ダメージ受けたみたいな声してたけど」

『ちょっと致命傷《ちめいしょう》喰《く》らっただけだから大丈夫』

「ほぼ死にかけてるじゃん」

『……まあそれは一旦《いったん》置いといて』

「置いといていいんだ……」

お耳、ふーってしてあげるね？

行くよ……？

『……あのさ、あたしの方が集中できないから配信切っ――』

ブヒョオオオオオオオオオオオオオオオオッ！

「え？　何？」

『ラブコメ作品みたいなリアクションすんじゃねえ！』

「ちなみに配信は切らないよ。これは私の精神安定剤《せいしんあんていざい》だからね……」

『しっかり聞こえてるじゃねえか！』

どう……？　さっきよりもツバキの声、聞き取りやすくなったでしょ……♡

「あっ。ツバ子の囁《ささや》きボイスだぁ……」

『…………』

ツバキの虜《とりこ》にしてあげる……♡

「あっあっ、すご……」

『結局イヤホンで聴かなくても頭バカになってるじゃねぇか』

「囁きボイスで私を魅了《みりょう》するツバ子が悪いんだよ」

『……話変わるけど、お前が配信聞く時に使ってるアカウント名、何？』

「えー？　何で？」

『いや……別に。ちょっと知りたくなっただけだけど』

「ふっふっふ……ユカち。私はネットリテラシーの高い女だよ？　アカウント名なんてお友達相手でも晒《さら》すわけないじゃん。恥《は》ずかしいもん」

それじゃあ次は、ツバキの好きなおでんの具を呟《つぶや》くね？

行くよ？

『ＡＳＭＲの趣味《しゅみ》を開示《かいじ》するのはいいのか？』

しらたき♡

『もっと恥ずかしくないか？』

大根♡

『つーかさっきからうるせえなあ‼』

「おでん食べたくなってきた」

『お前は勉強しろ‼』

はんぺん♡　こんにゃく♡　がんもどき♡

「……ところでユカち」

『どうした？』

「実は私、ユカちには言ってなかった秘密が一個あるんだけど――聞きたい？　引かれるかもと思って今まで黙《だま》ってたことなんだけど」

『今以上に引くことは今世紀ないと思うから安心してくれ』

ソーセージ……♡

「実は私、ちょっと前から寝不足気味《ねぶそくぎみ》でね、睡眠《すいみん》の対策のために色々なことをやってるの」

『へえ。そうなんだ。……別にその程度じゃ引かないけど』

厚揚《あつあ》げ♡

「でね、最近は認知《にんち》シャッフル睡眠っていう寝方を試してるの」

『……？　何それ』

ちくわ♡

「関連性のない単語を一定のリズムで聞きながら、頭の中で想像するの。瞳《ひとみ》を閉じてしばらく連想してると、眠くなって最終的には寝ちゃうんだって」

『そうなんだ』

「眠くなってきちゃった」

つくね♡

『いや今おでんの具言ってるだけだろ!!』

「ふわあ……」

『おい寝るな！　おい！　ナナ！』

「ちょっと仮眠《かみん》だけ……おやすみなしゃい……」

『寝るなああああああああっ!!』

焼き豆腐《どうふ》♡

「すぴー……」

『……おい。おーい。ナナー？』

「むにゃむにゃ……」
『…………』
以上。おでんの具を羅列《られつ》していったよ♡
『ナナが寝たならあたしも通話切っていいか?』
私はおでんよりも……大好きなみんなのことが、食べちゃいたい……かな♡
『うるせえ!』
「すぴー……」
がおー……なんちゃって♡
『切るからな? いいな? これ以上あたし――じゃなくてVTuberの配信聞きたくないからな!!』
あはっ……♡
照れちゃって、可愛いね♡
『ぐあああああああああああああああああああああっ!!』
次はぁ……どんなことをしてあげよっかなぁ……♡
『は、恥ずかしすぎる……』
「えへへ……ツバ子だいすき……」
うんうん、ツバキも大好きだよぉ♡
『た、耐《た》えらんねえ……。とりあえずあたしはもう通話切るから……』

「むにゃむにゃ……」

『じゃあな……』

……♡

ふふふ……♡

そうだ、じゃあ次はぁ……。

好きな料理を言っていくね……♡

『——ナナ？ ユカ？ シノだけど』

「むにゃむにゃ……」

『ごめんなさい。遅《おく》れてしまったわ』

ビーフストロガノフ♡

『……？ 何？ どなた？』

ペペロンチーノ♡

『急に料理名を囁いて何がしたいの？』

角煮《かくに》♡

『法則性の見えない料理名の羅列……これはひょっとして——』

生姜焼《しょうがや》き♡

『しりとり勝負のつもりね』

コンソメスープ♡

『いいでしょう。受けて立つわ』
とんかつ♡
『佃煮《つくだに》』
肉そば♡
『ハンバーグ』
栗《くり》きんとん♡
『はい。私の勝ち。残念だったわね』
麻婆豆腐《まーぼーどうふ》♡
『？　ちょっと』
茶碗蒸《ちゃわんむ》し♡
『なぜ続けるの？　ちょっと――』
焼きそば♡
ラーメン♡
『……分かった。あなたがその気ならとことん付き合ってあげる――』

結局配信が終わるまでシノはしりとりを続けた。

「むにゃむにゃ……」

ちなみにナナは起きなかった。

第十四章 ＊ 私の頭に直接語り掛けてくるタイプの消しゴム

織上《おりかみ》高校二年の教室に静かな時間が流れていた。

「残り十分」

テスト中である。

教師の一声でナナの背筋《せすじ》が凍《こお》りついた。あと十分しかないの？　嘘《うそ》でしょ？　顔を上げて時計を見て尚《なお》のこと落ち込む。残り時間は迫っている。

（どうしよう……全然解けてないよ……）

残り時間を意識し始めたとたん、問題に集中していた頭が不安で埋《う》め尽《つ》くされる。もうダメだと思った。解けそうにない。無理。

ナナはここで考えるのをやめ、そして祈《いの》った。

（お願いします！　神様！　どうか私を助けてください！）

神頼《かみだの》み。

（どうせ私の頭じゃもう赤点回避《かいひ》できないし）

清々《すがすが》しいまでの他力本願《たりきほんがん》。

――小さき者よ。

しかし、そんなナナの願いに、応じる声が一つあった。

——小さき者よ、聞こえますか。

(⁉　こ、この声は……?)

囁《ささや》くような声がナナの頭に響《ひび》く。辺《あた》りを見回してもナナの周りでテスト中に囁きプレイに興《きょう》じる猛者《もさ》の姿はない。その声はナナの脳内《のうない》に直接語りかけているのだ。

——下をご覧《らん》なさい、小さき者よ。

言われた通り、ナナの視線が下に傾《かたむ》く。

そこにあったのはほぼ諦《あきら》めが入っているテストの答案用紙、シャープペンシル。そしてもう一つ。

——こんにちは、小さき者よ。

ナナが視線にとらえたとたん、頭に柔《やわ》らかい声が響く。まるで「そう、私です」と言っているかのようだ。

(あなたが私に声をかけていたの?)

机の上にあったもの。

それは使いかけの消しゴムであった。

——その通りです、小さき者よ。私はあなたの呼びかけに応え……今お前のほうが小さいじゃんと思いましたね?

(分かるんですか)

——私は消しゴムに宿りし神。心を読むなど朝飯前《あさめしまえ》。

（すごーい）

——私にできぬことなどないのです。

（さすが神様）

——だから私を敬《うやま》いなさい。

（ところで消しゴムの神様が一体私に何の用なの……？）

——敬語を使いなさい、小さき者よ。

（…………）

——またお前のほうが小さいじゃんと思いましたね？　神の怒《いか》りを喰《く》らいたいのですか？

（す、すみません……）

ところで何の用ですか、と改めて尋《たず》ねると、消しゴムに宿りし神は答えた。

——何の用、ですって？　あなたが私を呼び出したのではないですか。

助けてほしいのでしょう？　消しゴムに宿りし神は柔らかく諭《さと》すような口調でナナに尋《たず》ねる。

——あなたの願いは、何ですか？

（……！）

ナナには消しゴムに宿りし神の姿は見えない。ただ机の上で見慣れた消しゴムが転がっているだけに過ぎなかった。

しかし、この瞬間《しゅんかん》——たった今、この瞬間だけ、ナナには見えない何かが柔らかくも温かい手を差し伸べてくれているような、そんな気がした。

そしてナナは、その優しい手に触《ふ》れながら、願いを伝えた。

（億万長者《おくまんちょうじゃ》にしてください！）

――え？

（億万長者にしてください！）

――いや、聞こえなかったわけではないのですけれど。

（え、願い聞いてくれるんですよね？）

そういう話だったじゃないですかー、とナナは消しゴムをつんつんと押す。

――やめなさい不敬者《ふけいもの》。

（願い叶《かな》えてくれるんですよね？）

――ちょっと話が違《ちが》うじゃないですか。

（違うじゃないですかと言われましても……）

――あなたテストで困っていたから神に助けを乞《こ》うたのでしょう？　何で億万長者になりたいだなんて願っちゃうんですか。

（えー？　でも億万長者になっちゃえばテストとかもう関係ないですしー）

――清々しいクズですね。

消しゴムに宿りし神はこいつに手を差し伸べたの失敗だったわと後悔《こうかい》した。神も悔《く》い改《あらた》めることはあるのだ。

――別の願いにしてください。

（もー、わがままだなぁ……）

――あ、そういうこと言っちゃうんですか？　いいんですか？　あんまり不敬《ふけい》が過ぎると私消えちゃいますよ？

（本来文字を消す立場にある消しゴムに宿りし神が自ら消えるとは、これいかに）

――さようなら、小さき者よ。

（あー！　すみませんでした！　ちゃんと願いを言い直すので聞いてください！）

――分かればいいのです。

消えかかっていた声が戻ってきた。消しゴムに宿りし神は構ってもらいたがりの面倒臭《めんどうくさ》めの女子のような性格をしていた。

（じゃあ、えーっと、テストの答えを教えてください！　とかはどうですか？）

無難《ぶなん》な願いだった。実際、神が目の前に現れたらもっといいお願いをしたいのに、とナナは内心で不満を漏《も》らしたが、消しゴムに宿りし神は融通《ゆうずう》が利《き》かないので仕方ない。

――いいですよ、じゃあ問題一つひとつ読み上げてください。答えますので。

（え？）

――どうしたんですか？　早くしてください。問題、読み上げてくれれば答えますよ。

（いやそれはちょっと）

――ちょっと、ってなんですか。

（神様なら何かこう……神的なパワーで答えを教えてくれたりとかできないんですか？）

――そういうのはちょっとできないです。

（何でですか）

――あなたは神の力を過信《かしん》しているようですね。神は全知全能《ぜんちぜんのう》ではないのです。できないこともあります。

さっき何でもできるって言ったじゃん……。とナナは内心思った。

――あ、そういうこと言うんですか？　拗《す》ねちゃいますよ？　ふんっ。

消しゴムに宿りし神はあからさまに拗ねた。小さい。まるで使いかけの消しゴムのようだ。

（さすがに問題言ってたら時間なくなっちゃうので、他の方法でお願いします）

――仕方ないですね、いいでしょう。ではどんな方法がいいのですか？

（ええっと……、じゃあお友達とテレパシーとかできます？）

――私を誰だと思ってるのですか？　神ですよ。そのようなことなど朝飯前《あさめしまえ》です。

そして消しゴムに宿りし神はまるでＳＮＳで共通の友達でも通話に参加させる時のような手軽さで、「いま起きてるかなぁ」などとぬかしながらナナが指定した友人へとテレパシーを繋《つな》いだ。

（え、何これ。何がどうなってんの）

ユカ。ナナの友人の一人である。

（やほー！　ユカち）

ナナは混乱するユカに軽く状況を説明した。

かくかくしかじか。

（というわけでユカち、テストもう終わった？）

（終わったけど）

（何で⁉）

（いや何でって……、得意教科だし）

家庭科室に集まる面々《めんめん》——お料理研究同好会の面々の中でユカはシノに次いで成績がよかった。

言い換《か》えるとナナだけ万年赤点だった。

（まあでもそれなら話が早いかな。テストの答え教えて？）

（やだ）

（何で⁉）

（自力でやらなきゃ意味ないじゃん）

人は見かけによらない。

ユカは不良《ふりょう》のような見た目の割に生真面目《きまじめ》だった。

——そうですよ、テストは自分で頑張《がんば》らなければ意味がありません。

ここぞとばかりに割って入る消しゴムに宿りし神だった。テストで苦戦してたから呼んだというのに本末転倒《ほんまつてんとう》もいいところだった。

（もー！　じゃあ結局時間を使っちゃっただけじゃないですかー！　お願いする前に時間を戻してください！）

——そういうのもちょっと。

消しゴムに宿りし神にはできないことが多い。

（ど、どうしよぉ……！　もう打つ手がないよぉ……！）

愕然《がくぜん》とするナナ。

神に頼ってもテスト一つすら突破《とっぱ》できないことに絶望《ぜつぼう》した。

そしてそんな友人の姿に、ユカはほんの少しだけ同情した。

（ま、今回はダメでも、次頑張ればいいじゃん。ていうかテストができなかったくらいで人生ダメになったりしないって。落ち込むな）

（ゆ、ユカち……）

（でも一点でも多くとれた方がいいし、答案は一つでも多く埋まってたほうが有利だよ。赤点の常連《じょうれん》って先生がちょっと甘《あま》めに採点してくれたりもするから）

だから最後まで頑張ってみな、とユカは優しく諭す。

（ユカち……！）

姿は見えない。だがしかしナナにはユカが自身の背中《せなか》を押してくれているように見えた。

（でも、残り時間が……！）

時計を見上げる。

残り時間は約一分。問題文を悠長《ゆうちょう》に読んでいられるような時間は、もう残されてはいなかった。

再び、ナナの頭を不安が覆《おお》い隠《かく》す。

——忘れたのですか？

そのとき、柔らかい声が一筋《ひとすじ》の光と共に舞い降りた。

消しゴムに宿りし神である。

——私は、あなたの願いを叶えるため……、あなたが救いを求める声に応じてやってきたのです。

さあ、あなたの願いを言ってください。

再び消しゴムに宿りし神は、優しくナナの手をとった。

背中にはユカ。目の前には神。

（……ナナ）

そして傍《かたわ》らには、シノの姿があった。

消しゴムに宿りし神が呼んだのだろう。

（……ナナ）シノはナナに囁く。（テストが終わったあとシャーペンの芯《しん》を少し分けてちょうだい）

シノは特に関係のない用事で来ていた。

（みんな……！）

二人の親友と、そして一人の神によって、ナナの願いは定まった。

（神様……！　お願いします……！）

手を組み、ナナはそして、祈る。

どうか残りの空白を私に埋めさせてください、と。

——いいでしょう。

そして願いは叶えられる。

残り数十秒。

ペンをとったナナは、とてつもない速さでペンを走らせる。

それはまるで、消しゴムで答案用紙をこすっているかのようにも、見えた。


後日《ごじつ》、テストの答案がナナのもとに返される。

結果は普通に赤点だった。

「あれぇ？」

答案を数十秒で全部埋めたせいで普通に汚過《きたなす》ぎて読めたものではなかったらしい。赤ペンで『もう少し丁寧《ていねい》に書きましょう』と綺麗《きれい》な字で綴《つづ》られていた。

「…………」

とりあえず消しゴムは買い換えようと思ったナナだった。

第十五章　ゲームが楽しみ過ぎてネタバレに敏感になりすぎるナナの話

放課後の家庭科室に女子生徒が三人いた。

「シノ、アレどこまで進んだ？」

「最初のボスのところ」

「はいはい初見殺《しょけんごろ》ししてくる奴《やつ》ね」

「ユカはどの辺《あた》りなの」

会話を交わすのはユカとシノ。最近発売したばかりのダークファンタジーゲームの話題で持ちきりだった。

「あたしは今、探索《たんさく》してるところで――」

「待って！」

そんな二人の間に割り込むナナ。まるで『この部屋に……爆弾《ばくだん》があります……！』みたいな切迫《せっぱく》したテンションだった。

「？　何だよ」

「ねえ、ユカち、シノちゃん……今、何の話をしようとしてた……？」

「え？　いやエルデンの話――」

「待って!!」

「いや、だから何だよ……?」

「私の前でその話をしないでッ!!」

両耳を塞《ふさ》ぎながらヒステリックに叫《さけ》ぶナナ。

「あ、ごめん。嫌《きら》いだった?」

「ううん、好き」

「何なんだよ」

「今すぐにでもやりたくてやりたくて仕方ないくらい好き。何ならシリーズ通して全部プレイしてるから」

「じゃあ別に――」

「ダメッ!!」

そしてナナは言った。

「私は事前情報なしでプレイしたいの!!」

ゲームの発売日はテスト終了直後であり、ユカとシノも主《おも》に気晴《きば》らしついでにプレイしていた側面が強かった。が、成績のいい二人に対してナナはまだ補習が残っている。

シノはナナが置かれている状況を呑《の》み込んで頷《うなず》いた。

「つまりプレイする時まではネタバレは極力《きょくりょく》避《さ》けてほしいということね」

「そういうこと!」

さすがシノちゃん！　とナナは途端《とたん》に目を輝《かがや》かせる。

「ま、そういう状況なら仕方ねえか」

肩《かた》をすくめながらユカは話を切り替えることにした。「そういえば最近、駅前に新しく喫茶店《きっさてん》できたよな」

頷くシノ。

「ユカはもう行ったの？」

「ああ、うん。なんかタピオカ――」

「待ってッ!!」

遮《さえぎ》るナナ。

「今度は何だよ」

首をかしげるユカに、ナナは再びまあまあ切迫したテンションで語る。

「――それって、エルデンの話じゃないよね……？」

「んなわけないだろ」

ダークファンタジーにタピオカが出てたまるか。

「そうとも限らないよ……！　今回は脚本家《きゃくほんか》も海外の有名な人を起用《きよう》してるから！　いつもと違《ちが》う感じのテイストだって事前情報で仕入れてるからッ!!」

「期待値《きたいち》高すぎだろお前」

「とにかく別の話にしてッ!!」

「仕方ねえなぁ……」

再び肩をすくめるユカ。「そういえば昨日《きのう》、散歩してたらさ――」

「待ってッ!!」

「……え、何？」

「――今作《こんさく》ってオープンワールドだよね？」

オープンワールドを連想させる話はナナ的にNGだった。

「うーん……じゃあもう何も話さないほうがい――」

「待ってッ!!」

「…………」

「そこで黙《だま》るという発想が出てくるっていうことは、寡黙《かもく》なキャラがいるっていうこと……？」

「…………」

「ああーっ!!　やっぱりいるんだ！　ネタバレするなんてユカち最低！」

「いや何言ってもお前がこじつけてくるからだろうが!!」

「あー！　怒《おこ》った！　ユカちがいつもよりも短気だ！　……ということは死にゲーと呼ばれているダークファンタジーゲームの内容にちょっとイライラしてるということ？　今作もやっぱりなんだかんだ言って結構難しいってことだよね？　間接的なネタバレじゃん！」

「ちなみに寡黙なキャラは出てくるぞ」

「きゃあああああああああああああっ！　ネタバレした！　シノちゃん！　ユカちがネタバレし

た！」

　わーん！　と泣きつくナナ。

「よしよし」

「うう……シノちゃんは優《やさ》しいね……」

「よしよし」

　シノはまるで母のように優しくナナを撫《な》でながら、囁《ささや》く。「ちなみに新作にはこういうキャラも出てくるわよ」

「きゃああああああああああああああっ！」

　泣きながら離《はな》れるナナ。

　信じられるものすべてに裏切《うらぎ》られたナナは家庭科室から飛び出す。

「わーん！　二人ともひどいよ！　もう知らないッ‼」

　それからすぐに家路《いえじ》についたナナは、信号待ちでスマートフォンを取り出す。無意識のうちにSNSを開くのが彼女の中では日課となっていた。

　――トレンドに新作ゲームの文字があった。

「にゃあああああああああああっ！」

　絶叫《ぜっきょう》した。すぐさまSNSのアプリをアンインストールした。

　もはやここまでくると視界に映るすべての物が新作ゲームに関連する物に見えてくる。

　例えば駅前で会話しているおばさまたち。

「ちょっと、聞きました？　奥様」「ええもちろん。野良犬《のらいぬ》がすっごく暴れてるんでしょう？　怖《こわ》いわぁ……」

――それってひょっとしてエルデンのことですか？

例えば喫煙所《きつえんじょ》のサラリーマン。

「昨日食ったエビ料理美味《うま》かったな」「エビ好きに悪いやつはいねえ」

――エルデンのことですか？

例えば路上の広告。

『ご照覧《しょうらん》あれ。この先、パン屋があるぞ』

――ああああああ絶対エルデンのことだ！

もはや視界に映るものすべてがゲームに関する物に見えた。しかし目を瞑《つむ》ればそれはそれで「そういえば過去作には盲目《もうもく》キャラとか出てきたな……今作でも出てくるのかな……」などと勘《かん》ぐってしまってもう何か色々とダメだった。

結局家に着く頃《ころ》には満身創痍《まんしんそうい》。

何かで気を逸《そ》らさない限りは苦しみが続くことは明白だった。

「そ、そうだ……、ツバ子の配信を見よう……こんな時こそ、ツバ子で癒《い》やされないと……」

ナナはスマートフォンでアプリを立ち上げた。

『それじゃあ今日はエルデンをプレイ――』

「ぎゃあああああああああああああっ！」

椅子《いず》から転げ落ちた。

救いはない。

結局ナナの地獄《じごく》は補習が終わるその日まで続いた。


「ふっふっふ」

それから数日後――補習が終わった頃のこと。

目の下にクマを作ったナナが朝の教室に現れた。

「おう。補習大変だったみたいだな。お疲《つか》れ」手をひらひら振りながら歓迎《かんげい》するユカ。

「おっとユカち。ひょっとして私が補習のせいでこんな風になったと思ってるの？」

「違うのか？」

「全然違いまーす！」

そしてナナは耳元で囁く。

「――夜中までエルデンやってたんだよ……」

こいつはダメ人間だ。

ユカは目を細めながらただシンプルにそう思った。

「……まあゲームが出来るようになったのならよかったわ」

最近のお前結構おかしかったしと、にわかに笑みを浮《う》かべるユカ。

それからついでに首をかしげた。

「それで？　今どの辺まで進んだんだ？」

「うん！　あのね、昨日はちょっとしか進めてないんだけど、アイテムを魔女《まじょ》から貰《もら》ったばっかりで――」

「ああまだ結構序盤《じょばん》だな。でもあの魔女本当に可愛《かわい》――」

「きゃあああああああああああああああっ！」

「いや今度は何だよ」

両耳を塞いで迷惑《めいわく》そうに目を細めるユカ。

ナナは愕然《がくぜん》としながら、言った。

「私が魔女に会った話をしただけで可愛いって単語が出てくるってことはその魔女まだまだ今後も出番があるってことだよね？　何ならメインキャラ的な扱《あつか》いになってくるんでしょ!!」

「…………」

「あー！　ユカちが否定《ひてい》しないってことはそうなんだ！　わー！　ネタバレだ！　ユカち最低！」

「ちなみに魔女は今後も出てくるぞ」

「きゃああああああああああああああああっ！」

結局ナナの地獄はなんやかんやあってゲームをクリアするまで続いたのだった。

第十六章　初心者でも簡単！麻婆豆腐の作り方講座

家庭科室のキッチンで二人の女子高生がお辞儀《じぎ》した。

「皆さんこんにちは。ユカとシノのお料理教室へようこそ」

「ようこそ」

「本日はナナに代わりまして私が調理を担当します」

「ユカ、今日の料理は何なの」

「麻婆豆腐《まーぼーどうふ》」

テーブルに材料を置くユカ。誰でも簡単に作れるお料理教室というコンセプトで動画を撮《と》っているため、今回も用意する食材に特殊《とくしゅ》なものは一つもない。

「これが今回の食材なのね」

「ああ」

ユカはシノに頷《うなず》く。

手元には麻婆豆腐の主役である豆腐《とうふ》。

それと麻婆豆腐の素《もと》があった。

「ユカ。麻婆豆腐はどうやって作ればいいの」

「まずフライパンに麻婆豆腐の素を入れる」

「入れたわ」

「で、火にかける」

「加熱したわ」

「あとは切った豆腐をぶち込む」

「できたわ」

「じゃそれで完成だわ」

「わーい」

ぱちぱちと手を叩《たた》くシノ。

大体そんな感じで麻婆豆腐が完成した。

「というわけで無事にできたんだけど、どう？」

一仕事《ひとしごと》終えたような爽《さわ》やかな顔をしてユカがカメラの向こうのナナに問いかける。いつもお料理教室の担当はナナだが今回は趣向《しゅこう》を変えてユカと入れ替えで行ってみたのだ。

「うんっ！　無事に終わったね！」

満足げな笑みを浮かべるナナ。

「……じゃないよ!!」

と思ったら急にキレた。

「急にどうした。あたしたち、普通にやったじゃん。なあシノ」

「美味《おい》しいわ」

「食ってんじゃねえよ」

早速《さっそく》とばかりに麻婆豆腐を食べてるシノだった。誰も頼《たの》んでないのに「これなら私でも簡単」とカメラ目線で感想まで呟《つぶや》いていた。

そしてその横でむむっと頬《ほお》を膨《ふく》らませるのがナナだった。

「こんなんじゃ物足りないよー！」

「今回は材料を混ぜるだけだったからおふざけを入れる余地《よち》がなかったわ。ごめんなさい」

「そういう物足りなさじゃないよ！」

両手を腰《こし》に添《そ》えて、いま怒《おこ》ってますからね、と態度で示しつつナナは語る。「麻婆豆腐ならもっとこう……レシピから作ったほうが動画的に面白いと思わない？」

ちょっと物足りないなぁ。ていうか今のところただの麻婆豆腐の素の宣伝にしかなってなくない？　オリジナリティがないよオリジナリティが。

ナナは要望が多いわりに具体的な意見がないディレクターみたいなことを言い出した。

「オリジナリティって言われてもなぁ……」

面倒臭《めんどうくさ》そうに頭をかきながらユカは考える。オリジナリティとは？

やがてひらめき手を叩《たた》いた。

「なあシノ、あれ出して」

シノに手を差し出すユカ。

「あれ？」と首をかしげた直後にシノも頭の中で同じ結論に至った。「これのことね」

それはハンカチ。

無駄《むだ》にてかてかしてるやつだった。

「で、これを麻婆豆腐の上から被《かぶ》せるだろ？」

「何か見たことあるなぁ」とナナ。

「で、呪文《じゅもん》を唱える。1、2……ポカン」

「何か聞いたことあるなぁ」

「するとご覧の通り。麻婆豆腐が元通り」

「だと思ったよ!!」

テーブルの上に麻婆豆腐は既《すで》にない。

枡《ます》に収められたまああの量の豆があるだけだった。

「ていうかなにこれユカち」

「大豆《だいず》」

「戻しすぎだよ!!」

「オリジナリティは出ただろ」

「こういうのじゃないよ!!」

「わがままだなぁ」

「そんなことないよ!!」

ナナは大豆を見つめて肩《かた》を落とす。

豆腐に戻してもらって作り直そうと思ったのにこれではままならない。

「ていうかユカち。麻婆豆腐の麻婆の部分が見当たらないんだけど？」

「大豆の横に転がってんだろ」

「えー？」

見ると確かに硬貨《こうか》が幾《いく》つか転がっている。「なにこれ」

「198円」

「何で⁉」

「麻婆豆腐の素の代金」

「せめて原材料に戻してよ！」

「わがままだなぁ」

「絶対にそんなことないよ‼」

「じゃあ私が元に戻すわ」

まかせて、とやや自信に満ちた様子でナナの肩に手を置くシノ。ハンカチをかぶせて「1、2……ポカン」と合図《あいず》する。

そして剝《は》ぎ取った。

出てきたのは複数枚の謎《なぞ》の金属片。

「なにこれ」

「アルミニウム3グラム、黄銅《おうどう》3．75グラム、青銅《せいどう》13．5グラム、白銅《はくどう》8．8グラム」

「お金の原材料のほうじゃないよ!!」

「ちなみにすり替えマジックなので本当に戻したわけじゃないわ。安心して」

「分かってるよ!!」

「知ってた？　ナナ。お金を潰《つぶ》したり溶かしたりすると犯罪なの。これは常識よ」

「とりあえず元に戻したものを元に戻して！」

「わがまま」

「本当に絶対にそんなことないよ!!」

「それではこちらの布をかぶせます」

そして再び合図したのちに、シノはハンカチを剝ぎ取る。

出てきたのは皿だった。

「なにこれ」

「美味しかったわ」

「食べ終わってるじゃん!!」

「ナナとユカが話してる間、暇《ひま》だったから」

「完食したもの出されても困るよ!!」

「おかわりはある？」

「まだ食べようとしてるし!!」

「おかわりあるぞ」

横からユカが麻婆豆腐を差し出した。

「……いや何であるの⁉」

「事前にあたしが作っといたんだよ」

ユカは平然《へいぜん》とした様子でナナに答える。「動画でミスがあったときにすり替えられるように完成品をあらかじめ作っておくのは基本中の基本だろ」

「急にまともなこと言い出して私びっくりしてるよ」

「あたしはいつでもまともだが？」

「こと今回に限っては絶対そんなことなかったよ……！」

「ちなみにあたしが作った方の麻婆豆腐は普通に一から作ったやつだよ」

キッチンの片隅《かたすみ》を指差すユカ。

そこにはユカが麻婆豆腐作りのために利用した材料――豆腐から始まり豆板醬《とうばんじゃん》、甜麺醬《てんめんじゃん》、ニンニク、生姜《しょうが》、長ネギ、ひき肉などおおよそ理想的な麻婆豆腐の材料が置かれていた。

「おおー！　そうそう！　あれが欲しかったんだよぉ！」

満足げな笑みを浮《う》かべるナナ。

「……いやそれ最初から出してよ‼」

と思ったらやはりキレた。

それから再度ナナの手によって一から麻婆豆腐が作られた。

後日《ごじつ》、ユカの手により動画は編集され、『初心者でも簡単！　麻婆豆腐の作り方講座』という名で動画は投稿《とうこう》された。

丁寧《ていねい》に流れを編集した結果、序盤《じょばん》におふざけが入っているものの、後半はナナが一人で親切に解説を織り交ぜながら麻婆豆腐を作る、割と真面目《まじめ》な動画に仕上がった。

「感想のほうはどうなってるかな？」

またしてもコメント欄《らん》で「かわいい」連呼されてしまうのでは？

期待しつつもナナはユカに尋《たず》ねる。

「……ほれよ」

微妙《びみょう》な顔をしながらユカはノートパソコンをナナの方へと向けた。

ディスプレイに映し出されたのはコメント欄。

「新キャラじゃん」「ユカちっていうのか」「ユカち可愛い」「ユカち最高！」「ユカち！」「ユカち！」「ユカち！」

今回初登場のユカに対する反応が大半を占《し》めていた。

「どう思う？」

尋ねるユカ。

ナナは答えた。

「……物足《ものた》りないよ!!」

第十七章　誘拐犯とお料理研究同好会

暗い倉庫の中に笑い声が響《ひび》き渡る。

「ククク……。どうやらうまく行ったようだな、新人」

「へい兄貴。予定通りガキを一人誘拐《ゆうかい》してやりましたよ」

互《たが》いに覆面《ふくめん》を被《かぶ》った顔を見合わせながらも男たちは笑う。兄貴と新人、二人はコンビの犯罪者。

金のために子供を攫《さら》って親に金を要求する手筈《てはず》となっていた。

「うわーん、怖《こわ》いよう。誰か助けてぇ……！」

そして今、新人が「子供」を攫《さら》って戻ってきたところだった。うまく行ったようだ。「子供」は椅子《いす》に縛《しば》られわけも分からず怯《おび》えている。

「ところで一個聞きたいんだがいいか新人」

「何でございやしょう兄貴」

男は新人が連れてきた子を見つめながら尋《たず》ねる。

「誘拐してきた子ってこの子であってる？」

「へい」

頷《うなず》く新人。

「ここはどこー？　私いまから何されちゃうのー？」

二人の前には一人の少女がパイプ椅子に座らされていた。髪《かみ》は茶色《ちゃいろ》。身にまとうのは制服。

どこからどう見ても子供と呼べるような外見ではなかった。

何なら成人一歩手前くらいだった。

「女子高生じゃん」

女子高生だった。

「自分、女子高生がストライクゾーンなんすよ」

「ストライクゾーンとか言うな！」

「ちなみに名前はナナっていうらしいです」

「聞いてねえよ！」

「自分も聞いてなかったんですけど勝手《かって》に自己紹介してきました」

「めちゃくちゃ変なやつじゃねえか」

もうちょっと幼い子のほうが身代金《みのしろきん》要求しやすかったなぁ……と思いながらも誘拐された女子高生を見る。手足は縛られ、体の自由は封《ふう》じてある。

「わーん。暗くて何も見えなーい」

そしてなぜだか目隠《めかく》しまで施《ほどこ》されていた。

なにゆえ？

「オレ目隠しなんて頼《たの》んだっけ？」

「あれ本人が勝手につけました」

「やべえやつじゃん」

「車に乗るように頼んだら『ドッキリ企画みたーい！』とか言って自ら乗り込んできました」

「やべえやつじゃん‼」

「でも連れてくるところまでは完璧《かんぺき》にやったっすよ、兄貴！　あとは兄貴が身代金を要求するだけっす！」

「はあ……仕方ねえなあ」

この変な女の子で我慢《がまん》するか。

ため息をつきながら男は銃《じゅう》をナナのこめかみにあてがい、低い声で語りかける。

「動くな――」

「きゃーっ！　怖い！　私何されちゃうんですかぁ？」

「ククク……」

「目隠しまでして私にいったい何するつもりなんですか‼」

それはお前が勝手にしただけだろ。

「……スマートフォンは持っているな？　出せ」

「私のスマホを⁉」

「そうだ……」

「ＬＩＮＥ交換《こうかん》したい感じですか？」

「違《ちが》う……」

「私のこと好きなんですか？」

「全然違う……」

「えー？　どうしよっかなー？　私、束縛《そくばく》してくる男子ってあんまり好きじゃないんですよねー」

束縛の意味が違うだろ。椅子に縛ってるだけだろ。

などなど突っ込みたい気持ちは山々だったが面倒《めんどう》だったので男はナナのバッグをあさり、スマートフォンを引き抜いた。

それからナナの両手の拘束と目隠しをとった。

「茶番《ちゃばん》はここまでだ。とっととそのスマホで親に連絡しな」

そしてスマートフォンを渡しながら、より一層《いっそう》低い声で、語る。「俺《おれ》たちはお前の親に用があるんだよ……」

「え？　でも私のお母さん人妻《ひとづま》ですよ？」

「そっちの用じゃねえよ！」

「ていうか年頃《としごろ》の女子高生が目の前にいるのに母親口説《くど》くってどういうことですか⁉」

「口説いてねえよ！」

「信じられない！　最低！」

パァン！

男の頬《ほお》をナナの平手打《ひらてう》ちが襲《おそ》う。

「ちょっとこいつ全然話通じないんだけど‼」

何だよ⁉　男は新人を睨《にら》んだ。こんなやつ連れてくるんじゃねえと目で語る。

「いやあイケると思ったんすけどねえ……」

ミスをしても特に悪びれる様子のない新人。現代っ子。

「とりあえずあの娘《むすめ》は元の場所に返してきなさい」

「了解《りょうかい》っす」

男たちはナナを解放することに決めた。

再びナナを見下ろす男。

「おい。いいか。お前はもう用済《ようず》みだ。家に帰してやる」

「え？　もう終わりな感じですか？」

「ああ。ここであったこと。誰にも言うんじゃねえぞ」

後から親に告《つ》げ口《ぐち》をされては面倒だ。

「はーい！　任せてください！　黙《だま》っときますね！」

「言えばどうなるか……分かるな？」

「大丈夫《だいじょうぶ》です！　私、テレビっ子ですから」

………。

「いや俺たちはテレビのスタッフじゃなくて――」

「何の番組ですか？　これって何かのドッキリですよね⁉」

「……いや」

「お願いしますよう！　絶対に誰にも言わないんで、番組名だけでも！」

「……だからスタッフじゃな――」

「…………」

「お願いします！」

「モニタリングです」

男は嘘《うそ》をついた。


後日《ごじつ》。

暗い倉庫の中に笑い声が響き渡る。

「ククク……。うまく誘拐してきたようだな、新人」

「へい。予定通りガキを一人誘拐してやりましたよ」

同じ倉庫にて男たちが再び覆面を被った顔を見合わせて笑っていた。

「誘拐ってのはターゲットの絞《しぼ》り込みが一番大変なんだ。一人でいるときを狙《ねら》い、そして声をかけ、騒《さわ》がれないように連れてこなきゃいけねえ」

「そうっすね兄貴」

「まったくお前は本当に優秀《ゆうしゅう》だな。たった数日で二人も誘拐してくるなんてよ」

新人が誘拐してきた少女を見つめる男。

「何でございやしょう?」

「それを踏《ふ》まえた上で一つ聞いていい?」

「勿体《もったい》なきお言葉」

「………………」

金色の髪。制服姿。どこからどう見ても女子高生だった。いやもう女子高生であること自体はこの際《さい》どうでもいい。

「あん? てめえ何見てんだよ、オイ」

問題は連れてきた少女の態度。

パイプ椅子に座りながら足を組み、こちらを睨《にら》み付けている。

男はため息をついたのちに新人を見つめた。

「怖いよ!!」

「ちなみに名前はユカっていうらしいっす」

「聞いてない!!」

シンプルに怖い。近づいたら殴《なぐ》られそう。男は普通に恐怖《きょうふ》した。「俺ヤンキーっぽい子苦手なんだって!!」

「学生時代何かあったんすか」

二人がやりとりをしている合間もユカはいらいらとした様子で「あたしこれから予定あんだけ

ど？」と睨みながら腕を組む。足も組んだ上で腕も組む。苛立《いらだ》ちを全身で表している。

「ていうか何で縛ってないの」

「縛ろうとしたらぶん殴られました」

「よく連れてこれたな」

「モニタリングですって言いました」

「そんな嘘でついてくるんだ……」

「でも連れてきたのはいいんすけど一個問題がありまして」

「うん」

「佐藤健《さとうたける》に会わせろと要求されました」

「いねえよ佐藤健なんて」

オレたちただの誘拐犯だぞ。

「何はともあれ今回も連れてくるところまでは完璧にやったっすよ、兄貴！　あとは兄貴が身代金を要求するだけっす！」

期待を込めた眼差《まなざ》しを向ける新人。

少し苦手な相手だが、誘拐してきたのならばやることは一つ。

男はユカのこめかみに銃をつきつけ、低い声を出した。

「ククク……これが何だか分かるな？」

「エアガンじゃん」

「…………」

「…………」

実際エアガンだった。

男は聞こえなかったことにした。

「……おっと！　俺たちに逆らわないほうが身のためだぞ？　お前の命は俺たちの手の中にあるのだから」

「いやそれエアガンじゃん」

「もし言うことを聞かなかったら……その時はお前の頭が吹っ飛ぶことになる……」

「エアガンで頭は飛ばねえだろ」

「さあ、俺たちにスマートフォンを渡せ。これからお前の親に連絡を入れ、身代金を要求する」

「あたし親いないけど」

「えっ？　あ、ごめん」

「嘘だけど」

「……き、貴様ぁ！　オレたちを馬鹿にするのも大概《たいがい》にしろ！」

「話変わるけどこれいつ終わる？　あたしマジでこれから用事あんだけど」

「ククク……お前が帰れるかどうかは親次第《しだい》だな。さあ、スマートフォンを出せ！」

「いや無理」

「どうしても出したくないようだな――ならば無理やり奪《うば》い取るまでだ！」

もうどうにでもなれ。男の手がユカのブレザーに伸びる。

「触《さわ》んな」

蹴られた。

「ごめんなさい」

謝った。

股間《こかん》を押さえてうずくまる男の肩《かた》をユカは摑《つか》む。

「で？　いつ帰してくれんの？」

「すみません今すぐ帰します……」

ヤンキーっぽい子には逆らわないようにしよう。

股間の痛みとともに自身に強く刻み込む男だった。


後日。

暗い倉庫の中に笑い声が響き渡る。

「ククク……。また女子高生じゃん……」

もはや三度目となると驚《おどろ》きもさほどなかった。あーやっぱり女子高生だよなーくらいの感想だった。

「へい。今回も頑張《がんば》りましたぜ、兄貴」

自信満々の新人。前回、前々回とは違い、いま目の前の椅子に座っている少女は見た目からして真面目《まじめ》そうで、連れてくるときもふざけることも暴れることもなかった。

「今回こそは身代金間違《まちが》いなしですぜ」

「ククク……ようやく本領発揮《ほんりょうはっき》する時が来た、ということか」

男は笑いながら少女を見る。青みがかった黒髪のロングヘア。メガネをかけており、大人《おとな》しそうな雰囲気《ふんいき》。「ところで新人」

「へい」

「この子の名は何というんだ？」

「シノっていうらしいっす」

「そうか。シノちゃんか。いい名前だな」

「兄貴？」

「メガネっ子っていいよな……」

「急にどうしたんすか兄貴」

「しっかり者の委員長って感じの子がタイプなんだ」

「学生時代何かあったんすか」

「おっと、いけないいけない。余計《よけい》な話をしている場合ではなかったな。早速オレたちの仕事を始めるとしよう」

誘拐は時間との勝負であった。

親が通報するよりも前に連絡をして、警察へと連絡が行かないように釘《くぎ》を刺《さ》さなければならない。

男は銃を取り出した。

「ククク……お前がシノちゃんだな?」

「ええ」

「声まで可愛いじゃん……」

「兄貴?」

どうしたんすか? 尋《たず》ねる新人にはっとする。

「くっ……! オレを惑《まど》わすつもりか! 魔性《ましょう》の女だ……」

「兄貴が勝手に惑わされてるだけっすよ」

「うるさいっ! いいか新人。黙って見ていろ。オレの仕事ぶりをな!」

そして新人が見守る中、男は再び銃を構える。

「ククク……シノちゃん」

「何」

「スマートフォンを出せ」

「なぜ」

「なぜか、だと? はははははは! オレのこの顔を見て目的が分からないのか?」

「覆面で見えないわ」

「オレたちは誘拐犯だ……」

「そう」

「お前の親に身代金を要求する。とっととスマートフォンを出せ！」

「分かったわ」

「あとＬＩＮＥとかやってる？」

「兄貴？」

何やってるんすかと遮《さえぎ》る新人。

「待て新人。今いいところだから」「いやいいところだからとかじゃなくて」

「ＬＩＮＥはやってないわ」

「マジ？　珍《めずら》しいね」「いや遠回しに断られてるんすよ兄貴」

「家族の連絡先も知らないわ」

「マジ？　ところで話変わるけど彼氏とかいる？」「兄貴？」

「いないわ」

「オレ佐藤健に似てるってよく言われるんだけど、どうかな」「兄貴？」

「覆面で見えないわ」

「これでどうかな」「何で覆面取るんすか兄貴」

「似てないわ」

全然似てなかった。

「くっ……今回の人質《ひとじち》はなかなか気が強いな……」

「相手にされてないんすよ兄貴」

新人が目を細め、ため息を漏《も》らす。サイレンの音がどこからともなく鳴り響いたのはそれとほぼ同時のことだった。

「……？　おい新人、パトカーのサイレンじゃないか？　あれ」

「そう、みたいっすねぇ……」

「だんだん近づいてきてないか？」

「自分もそんな気がしてるっす……」

「お前まさか……！　尾行《びこう》されてたのか……!?」

「い、いやいやまさか！　自分、今回も完璧に仕事こなしたっすよ」

「だったらなぜ――！」

困惑《こんわく》する男。

「私が通報した」

シノはスマートフォンを掲《かか》げながら語りかけた。「車に乗せられた時点で、誘拐だと思って」

迫り来るパトカーは、男たちの居場所を特定した警察によるものだった。

男たちはシノに目をつけたその瞬間《しゅんかん》から既《すで》にシノの手中《しゅちゅう》にあったのだ。

「し、しっかり者じゃねえか――」

敗北を認め、その場にうなだれる男と新人。

二人は普通に捕《つか》まった。

第十八章　魔王様の復讐

FIVE SECONDS LEFT UNTIL NANA STIRS UP TROUBLE

異世界の魔王城に二人の魔族がいた。

「報復《ほうふく》じゃ!!」

玉座《ぎょくざ》の上でむんっ、と頬《ほお》を膨《ふく》らませるのは魔王。

分かりやすく不貞腐《ふてくさ》れているその様子に側近《そっきん》は跪《ひざまず》きながらも心配した。

「いかがなさったのですか魔王様」

「人間どもに報復せねば気が済まんのじゃ!!」

「報復、ですか」

「おぬし、わらわがこの前、地球に行ったときのことを覚えておるか？」

「もちろんでございます。お持ち帰りいただいた牛丼《ぎゅうどん》美味《おい》しかったです」

「そっちじゃないわい！　もっと前！」

「もっと前というと……、魔王様が排水溝《はいすいこう》に詰《つ》まった野良猫《のらねこ》みたいになってた時のことでしょうか」

「なめとるんかおぬし！」

「帰ってきたその日からしばらく私室に籠《こ》もりきりでしたのでよく覚えておりますぞ」

「ぶっとばすぞおぬし！」

「それで、そのときのことがどうかなさったのですか」

「やはり辱《はずかし》めを受けたことがわらわはどうしても気に食わんのじゃ」

今でも当時のことは鮮明《せんめい》に覚えている。家庭科室と廊下の間の壁《かべ》にお腹《なか》を挟《はさ》まれ、身動きが取れない状況のなかで女子高生三人からひたすらいじくり回されたときの屈辱《くつじょく》。「特にシノとかいう小娘《こむすめ》には相当の辱めを受けたのじゃ」

「は、辱めですか⁉　具体的にはどういう……？」

「身を乗り出すなよおぬし」

きっしょいのう。魔王は玉座の上で頬杖《ほおづえ》をつきながら側近を冷たく見下ろす。

「内容はどうでもよい。ともかく小娘に報復せねば腹の虫が治まらんのじゃ」

「ふむ、なるほど……」

側近は考え込むような動作をしながら魔王の脇《わき》を見つめた。「ところで魔王様、一つよろしいでしょうか」

「何じゃ？」

「私めの記憶が確かならば魔王様は小娘とやらから辱めを受けてからもちょくちょく日本に行っておりますな」

「うむ、そうじゃな」

牛丼屋に行くだけでなくちょくちょく日本で暇《ひま》をつぶしている魔王だった。

「それがなぜ今になって報復を思い立ったのでしょうか」

「おぬしさぁ、小さい頃《ころ》の失敗談とかふと思い出して恥《は》ずかしくなる時とかない？」

「はあ……まあ、ありますが」

「大体それとおんなじかな」

「なるほど……」

その程度の扱いなら許してやれよと側近は思ったが面倒臭《めんどうくさ》かったので黙《だま》った。

「ともかくわらわは今日も日本に行くのじゃ！」

おぬしはここで留守番をしてるがよい！　魔王はいつものように不在時《ふざいじ》の代理を側近に頼《たの》んだ。

「ははっ！　おおせのままに！」

ばさあっ！　翼《つばさ》を無駄《むだ》に広げて首を垂れる側近。

魔王が地球に行くたびに側近のきたねえ羽が玉座の間に散らばるから勘弁《かんべん》してほしいとメイドたちから苦情が来ていたことを魔王は思い出したが面倒臭かったので見なかったことにした。

「ところで魔王様」

羽がふわっふわと落ちゆく向こうから側近がこちらを見上げていた。「報復とおっしゃいましたが、どのような方法で小娘どもを懲《こ》らしめるおつもりなのですか？」

「よい質問じゃな！」

にやりと魔王は笑い。

そして答えた。

「実はとっておきの方法を考えてあるのじゃ――」

早速とばかりに日本に降り立った魔王は学校から帰っている最中のシノを捕《つか》まえた。

初対面ではないからか、「おぬしー」と声をかけたら簡単に付いてきた。

「こんにちは演劇部《えんげきぶ》」

ちなみに魔王は未だに演劇部だと思われていた。

「違《ちが》う。わらわは魔王」

「まだ魔王の役をやってるのね」

「違うわい！」

本物の魔王じゃい！

「それで本物の魔王の役をやってる演劇部が何の用？」

「……ふん、そんな舐《な》めた態度をとっていられるのも今のうちじゃぞ！」

魔王は言った。「今日はおぬしに報復にきたのじゃ！」

「報復？」

「今からおぬしが恐怖《きょうふ》していることを片《かた》っ端《ぱし》から実施する！　そしてわらわの恐《おそ》ろしさをその身に刻ませてやるのじゃ……！」

「怖《こわ》いものを実施……？」

意味が分からないわ、と首をかしげるシノ。

「ククク……おぬし程度の頭では理解できんかったか……」

これこそが魔王が編み出したとっておきの方法であった。

シノに怖い体験をさせる。魔王とは怖いことをしてくる相手なのだと強く実感する。逆らえなくなる。わらわの配下《はいか》になる。

（天才の発想じゃ……）

あまりに完璧《かんぺき》すぎる計画に惚《ほ》れ惚《ぼ》れとしてしまう。

「わらわが持っているこの水晶《すいしょう》をみるがよい」

魔王は無駄にドヤ顔を浮《う》かべながら水晶玉を取り出した。

「なに？」

何の疑問も抱《いだ》くことなく覗《のぞ》き込むシノ。魔王は尋《たず》ねる。

「おぬしが怖いものは何じゃ？」

「怖いもの……」

つぶやくシノの顔を見つめながら、魔王は心の中で勝利を確信した。

水晶玉。それは魔王城にいる仲間の部屋から拝借《はいしゃく》したものであり、覗き込んだ人物がいま考えていることを文字で表示する効果がある。魔王城においては基本的に尋問《じんもん》か恋バナに用いている。

シノの顔を映した水晶《すいしょう》は、やがてその表面に『ホラー映画』という文字を浮かび上がらせた。

ホラー映画って何じゃ？　まあいいや！

「おぬしをこれからホラー映画に連れてゆく！」

ばさあっ！　とマントを翻《ひるがえ》して魔王は宣言した。

「いいの？」きょとんとした様子で語るシノ。「一人で行くのは気が引けてたから、助かるわ」

「ふはははは！　よいに決まっておろう！　これからおぬしはとてつもない恐怖を体験することになるのじゃ！　泣いてももう遅《おそ》いぞ！」

そして高らかに笑いながら魔王はシノとともに映画館へと向かった。

観た。

「ふぇえ」

泣いた。

魔王は怖い映像に耐性《たいせい》がまったくなかった。魔王なのに。

（くっ……しかし小娘の前で怖がるわけにはいかん……！）

映画館から出ながら魔王は見栄《みえ》を張った。

「お、おぬしぃ。どうじゃった？　怖かったか？　ふ、ふはははは……」

「なかなかエキサイティングだった」

エキサイティングって何じゃ。

「し、しかしおぬし、この程度の子供騙《だま》しが怖いとはのう」めっちゃ怖かったわ。「わらわをコケにすればまたホラー映画を観る羽目《はめ》になることを覚えておくがよい。わらわは何度でも観てやってもよいぞ？　ふはははは！」

それから魔王は懐《ふところ》から再び水晶を取り出した。

「さておぬし。先ほどのようにこれを見つめるがよい」

「？　ええ」

「改めて問おう。おぬしの怖いものは何じゃ？」

「…………」

魔王の計画では水晶が『魔王』の名を表示するようになれば作戦は成功、ということになっていた。

これだけ怖い体験をしたのならば魔王に対する恐怖も染《し》みついたに違いない。そうに違いない。

確信する魔王。

『ゲテモノ料理』

さっきと全然違うこと書いてある――。

「何でじゃおぬし！」

「ゲテモノ料理はホラー映画の次に怖い」

「くっ……！　まだわらわを恐怖するには足りんというのか……！」

ていうかゲテモノ料理って何じゃ？

まあいいか！

半《なか》ばヤケクソになりながらも魔王はマントを翻し、そして語った。

「ではおぬしをこれからゲテモノ料理へと連れてゆく！　この世のものとは思えぬ恐怖を味わわせてやるわ！　覚悟《かくご》せぇい！」

「たのしみ」

手をぱちぱちと叩《たた》くシノ。

それからシノが恐怖しているものを二人で次から次へと片っ端から体験していった。

まずはゲテモノ料理。

「な、何じゃぁ……これは……」

魔王の前に置かれたのはタガメだった。

「魔王なのにこういう料理がダメなの？」

「わらわ魔王城では高級料理しか食わんのじゃ」

「魔王なのに……」

「う、うるさい！　それより無駄話《むだばなし》はいいからとっとと食わんかい！」

「怖いからまだ覚悟ができてない。食べて」

「な、何でわらわが先に食わんといかんのじゃ……！　いやじゃ！」

「怖いからまだ覚悟ができてない。食べて」

「何で同じセリフ連呼《れんこ》するんじゃ？」

「怖いからまだ覚悟ができてない。食べて」

「おぬしまさか食うまで同じセリフを繰《く》り返すつもりか⁉」

「怖いからまだ覚悟ができてない。食べて」

シノはほぼＮＰＣみたいになっていた。

「う、うぐう……」

「はい。あーん」

焼いたタガメを箸《はし》でつまんでゆっくりと魔王の口元に運ぶシノ。

「う、うぐううう……！」

食べた。

「ふええ」

泣いた。

その次に赴《おもむ》いたのはまああ長い橋の上。

水晶《すいしょう》が『バンジージャンプ』を示したのだ。

「おぬしおぬし、バンジージャンプって何じゃ？」

「ググりなさい」

「ググるって何なのじゃ？」

二人が会話を交わしている合間にも陽気《ようき》な外国人スタッフが手際《てぎわ》よく二人に安全器具をセットしていた。

「オッケェイ？」魔王の肩《かた》を叩く外国人スタッフ。

「何じゃ？　なんかおぬし馴《な》れ馴れしいな」

「3、2、1……GO！」

「え？　いや何するんじゃおぬしやめ――ぴゃあああああああああああああっ！」

落ちた。

「ふええ」

泣きながら戻ってきた。

「エキサイティング」

シノは普通に飛んで戻ってきた。

その次に水晶が示したものは『まんじゅう』だった。

二人はコンビニで適当《てきとう》にまんじゅうを買った。

「甘《あま》いのう」

「ええ」

「これの何が怖いんじゃ？」

「ググりなさい」

「だからググるって何なのじゃ？」

その次に水晶が示したのは『ジェットコースター』であった。

遊園地へと向かい、二人は燦々《さんさん》と輝《かがや》く太陽の下、えげつない速度でレール上を落ちてうねってぐるぐる回るジェットコースターを眺《なが》めた。

「ほほう、これがかのジェットコースターとやらなのじゃな？」

得意げな顔の魔王だった。「おぬしぃ、こんなもんが怖いのか？　ふははは！」

「乗り気ね」

「わらわを誰だと思っとるんじゃ。バンジージャンプとやらを乗り越えた女じゃぞ？　敷《し》かれたレールの上を走るだけのお遊びなぞ怖いわけがなかろうが」

「そう」

「ふははは！　この程度、寝てても乗れるわ！　見ておれぃ！」

乗った。

「ぴゃあああああああああああああああああっ！」

叫《さけ》んだ。

「ふええ」

そして泣いた。

予想通りすぎる魔王の反応の真横でシノは「エキサイティング」と呟《つぶや》いた。

シノが恐怖しているものは多岐《たき》にわたった。

たとえば『寝起きのユカ』であったり。

「ふはははは！　おぬしが寝起きのユカじゃな！　おはよう！」

「あ？　なんだてめえ」

「ふええ」

たとえば『サソリ料理』であったり。

「これさっきやったじゃろ!!　またゲテモノ料理とか聞いとらんぞ!!」

「はい。あーん」

「ふええ」

たとえば『カラオケ』であったり。

「ふぇえ」

ありとあらゆるシノの恐怖に魔王は向き合ってきた。もはや途中《とちゅう》から何がしたかったのかよく分からなくなっていた程だった。

「つ、次は何じゃ……」

満身創痍《まんしんそうい》になりながら、魔王は水晶を見つめる。

浮かび上がったのはたった一言だった。

『魔王』

「魔王……？」

魔王って何じゃ？

首をかしげて数秒間。

「わらわじゃん……」

「今日は一人でやるには気後《きおく》れする体験を概《おおむ》ね消化できたわ。ありがとう」

夕日を背にほのかに笑みを浮かべていた。

よく分からない感情が込《こ》み上げる。魔王は笑った。

「ふはははは！　わらわは魔王じゃからな。この程度造作《ぞうさ》もないことよ！」

「そうね」

「おぬしもこれでわらわの凄《すご》さが分かったじゃろう。侮《あなど》るでないぞ！　わらわは恐怖の象徴《しょうちょう》、魔王

なのじゃからな！」

「ええ」

「うむっ。ではわらわはこの辺で帰ることとしよう」

謎《なぞ》の達成感に包まれながら魔王はマントを翻す。

「ええ。さよなら」去りゆく魔王に手を振りながら、シノは言葉を並べた。「なかなかエキサイティングな一日だったわ」

「うむ。……ところでエキサイティングって何なのじゃ？」

振り返りながら首をかしげる魔王。

シノは端的《たんてき》に答えた。

「ググりなさい」


「――というわけで今日はひたすら怖い体験を繰り返してきたのじゃ」

ふははははは！

魔王城に帰還《きかん》した魔王は玉座《ぎょくざ》に腰《こし》を下ろしながら側近に一日の思い出を語る。「まあわらわも魔王じゃし？　怖いものなんてなかったけどのう。全部子供のお遊びくらいに思えたわ」

高いところから飛んだりタガメやサソリを食ったり苦い思い出ばかりだった気がするが都合の悪いことは封印《ふういん》して得意げな顔を浮かべる魔王だった。

そしてそんな魔王の話に耳を傾《かたむ》けながらも微笑《ほほえ》ましそうな顔を浮かべるのが側近だった。

「よかったですなあ魔王様」

「何じゃおぬしその顔は」

「同年代のお友達ができたようで何よりです」

「はー？　おぬしわらわの話を聞いておったのか？　わらわはあやつに極上《ごくじょう》の恐怖を刻み込んでやったのじゃぞ」

「ほっほっほ。そうですなあ」

「まったく……」

孫娘を見守るような生暖《なまあたた》かい視線にため息で応《こた》えながら、魔王は頬杖をついて一日を振り返る。

そもそも一体なぜシノと恐怖体験を繰り返す流れになったのだろうか？　何か大いなる目的があったようななかったような気がする。

しばし魔王は考えた。

（まあいいか！）

五秒考えたが面倒臭くなったので魔王はすっぱり忘れることにした。

「ところでまんじゅうあるけど食べる？」

「ありがとうございます」

▽

通学路を二人の女子高生が歩いていた。

「ふふふふふ」

面白い話も何もしていないのに突然《とつぜん》笑みを浮かべるシノ。困惑《こんわく》しながらユカは首をかしげる。

「どうしたシノ？　何か機嫌《きげん》いいじゃん」

「そう見える？　ふふふふふ」

「その様子で機嫌がよくなかったらシンプルに怖いだけだから上機嫌《じょうきげん》であってくれ」

「実は昨日、いいことがあったの」

「へえ」

「聞きたい？」

「話したそうだな」

「気軽に恐怖体験を押し付けられる相手を見つけたの」

「へえ」

「リアクションがなかなかよくて昨日はそれなりに充実《じゅうじつ》したわ」

「そうなんだ」

「次はどんな怖い体験をさせようかしら」

ふふふふふ。

無表情のまま笑いながらシノはいつもの日常が待ち受けている学校へと向かう。

「なんかよく分かんねえけどお前が幸せそうでよかったよ……」

第十九章 ＊ 出会いの物語

放課後の家庭科室に女子高生が三人いた。

「むにゃむにゃ……」

机《つくえ》に突《つ》っ伏《ぷ》して寝息をたてているのはナナ。心地よさそうに口をもごもごとさせていた。まるで草を食《は》む牛の如《ごと》し。

「お疲《つか》れみてえだな」

売店で買ってきた紙パックのジュースを吸《す》いながらユカは怪訝《けげん》な顔をナナに向ける。

シノと二人で最近見たアニメの話をしている合間に寝てしまったらしい。

「最近、補習続きだったものね」ナナを眺《なが》めながらシノが言う。

「今日やってたのが最後だったっけ」

「確かそのはず」

「じゃあ寝かせてやるか」

机の上。

こちらに顔を向けて眠るナナの顔色は安堵《あんど》に満ちている。まるで小さな子どものような無垢《むく》な寝顔。

一体どんな夢を見ているのだろうか。

「あっあっ、耳すごっ……！」

ほんとどんな夢見てんだよ。

寝息がとたんに荒《あら》くなって普通に引いた。

ついさっきまでは心地よさそうに寝ていたのに、一体なぜ？

「ふー……」

「息吹きかけんのやめろや!!」

突然《とつぜん》ナナの表情が妙《みょう》に色っぽくなった原因こと、シノに突《つ》っ込《こ》むユカ。

油断《ゆだん》も隙《すき》もない。

「長年の付き合いだけどナナの弱点を知ったのは最近のことなの」

「それが何か」

「突《つ》かずにはいられない」

「お前非常停止ボタンとか見たら押したくなるタイプか？」

なんて危険なやつなんだ……。

ごくりと息をのむユカ。

と同時にふと思う。

長年の付き合い。

「……そういえばお前らって小学校からの付き合いだったっけ」

「そうね。幼馴染《おさななじみ》」こくりと頷《うなず》くシノ。「お互《たが》い近所で親同士が仲がよかったから、その流れでなんとなく一緒《いっしょ》にいるようになった」

へえ、と相槌《あいづち》を打ちながら、ユカはナナを眺める。

能天気《のうてんき》で明るいナナと、天才で寡黙《かもく》なシノ。そういえば正反対と思える二人が知り合った経緯《けいい》を聞くのは初めてのことかもしれない。

「ユカと初めて会ったのは去年のことだったわね」

「そうだったな」然《しか》りと頷く。「ちょうど一年くらい前だったっけ」

初めて出会ったのは去年の五月の末頃《すえごろ》。

元々ユカは二人とは別のクラスだった。

当然ナナとシノのことなどまったく知らなかったし、去年に出会っていなければ同じクラスになってもさほど関わり合うこともなかっただろう。

ひょっとしたらそのまま仲よくなることなく卒業していたかもしれない。

二人との出会いが、ユカの高校生活を大きく変えていた。

「……懐《なつ》かしいな」

出会った頃《ころ》のことをユカは振り返る。

「こいつがあたしを無理やりここに連れてきたことがすべての始まりだったな」

むにゃむにゃと寝言を言うナナを眺めながら、ユカは笑みを浮《う》かべていた。

最初に出会ったのはナナ。

それから家庭科室まで連行され、シノとも知り合った。

本当に、懐かしい。

「そうね」

思い出に浸《ひた》るユカに頷きながら、シノは窓の外へと目を向ける。

「その日も確か、こんな空模様《そらもよう》だったわ」

いつの間にか随分《ずいぶん》と時間が過ぎてしまっていたらしい。

太陽が端《はし》まで追いやられ、遠くのほうで赤く揺《ゆ》れている。瑠璃色《るりいろ》に染まる空の中、薄《うす》く漂《ただよ》う雲たちだけが夕日を浴びて輝《かがや》いていた。

夕方とも夜ともいえない曖昧《あいまい》な景色が窓の外にはある。

ユカは眺めながらも思い出す。

そうだ。

初めて会った日も、確かこんな風に綺麗《きれい》な空だった——。

……。

…………?

「そうだったっけ?」

「さあ?」

「覚えてないのかよ!!」

シノはたまに適当だった。

「でも感動的なシーンだし多分お空もロマンチックな感じの景色だったはず」

「何だその意味の分からない根拠《こんきょ》は」

嘆息《たんそく》を漏《も》らすユカだった。「そもそもあたしがここに初めてきたときの経緯なんてロマンの欠片《かけら》もなかったろ」

「そうだったかしら」

ゆるりと首をかしげるシノ。「そもそも私はユカがここに来てからのことしか知らないし、ナナに連行された経緯もよく覚えてないわ」

「初めて会った日に話さなかったっけ」

「その日はそもそも新発売のゲームのことで頭がいっぱいだったから正直適当に相槌打ってたわ」

「お前よくその状態で空模様がどうとか言えたな！」

要するに何も覚えてないじゃねえか。

「ええ。だから話して」

シンプルにシノは言った。

「……ナナに連れてこられた経緯をか？」

「それもそうだけど」

真《ま》っ直《す》ぐにユカを見つめながら、囁《ささや》くようにシノは再び口を開く。

「ユカが私たちと出会う前のことを、私はよく知らないわ」

だから話して。

言われてみれば確かに、二人と出会うまでの間、どんな風に過ごしていたのかを、話したことはない気がする。

興味を持たれて嬉《うれ》しい半面、少し恥《は》ずかしかった。

「別にそんなに楽しい話じゃないけど」

それでもいいか？

ユカは照れ臭《くさ》そうにしながら首をかしげる。

「ええ」

話して、とシノは絵本をせがむ子どものように身を乗り出す。

「へいへい」

時折《ときおり》見せるシノの子どもっぽい様子に肩《かた》をすくめながら、ユカは入学当初のことを思い出していた。

それは遡《さかのぼ》ること一年と少し前。

ユカが高校一年になったばかりの頃《ころ》のことだった――。


「いっけなーい！　遅刻《ちこく》遅刻ー！」

あたしユカ！　高校一年生！

突然だけどみんなは漫画《まんが》やアニメでこんな展開を見たことない？

トースト咥《くわ》えた女の子（ヒロイン・美少女・みんなから愛されてる）が通学路を全力で走って曲

がり角で運命の人とぶつかっちゃう話！

一度くらいはあるよね？　……あるよね？　あるって言えよ。

ともかくあたしは今まさにそんなシチュエーションの真《ま》っ只中《ただなか》！

別にそういう展開を狙《ねら》ってたわけじゃないんだけど、パンを食べながら通学路を走ったの。

ほんとに全然運命的な出会いとか求めてなかったけど走ったの。

ほんとに全然運命的な出会いとかはどうでもよかったんだけど、それから曲がり角を全力で曲がったの。

「きゃあっ！」

ごつん☆

びっくり！　曲がったとたんにあたし、誰かとぶつかっちゃったみたい。

その場にお尻《しり》をついて倒《たお》れちゃったの。

「いたたたた〜☆」

なんて言いながらあたしの胸《むね》の中はドキドキしてた。

えー？　どうしよー！

ここからイケメンとの運命的な出会いとか果たしちゃうのかな？　これからありがちなラブコメみたいな展開が始まっちゃうのかなー？

あーあ、ユカ困っちゃうなー☆

ところでぶつかった運命の相手ってどんな子かな。イケメンかなー？

べつに期待してたわけじゃないけどあたしはちらっと顔を上げたの！

「いたたたた……」

顔を上げたら女の子がいたわ。

女の子。

茶髪《ちゃぱつ》のショートカットで、パンを咥えてて、あざとくこっちにパンツを見せてる女子高生。たぶん一年生。上目遣《うわめづか》いでこちらを窺《うかが》う様子は何だかいかにも正統派ヒロイン。

あたしは言った。

「チェンジで」

「チェンジでって何⁉」

びっくりしながら目を見開く正統派ヒロインちゃん。

いやいやいやいや。

「ヒロイン同士はちょっと」

「ちょっとって何かな⁉　私いまぶつかってちょー痛いんですけど⁉」

「いきなりヒロイン二人体制だとハーレムものに派生して後発のヒロインに人気喰《く》われがちだから
ちょっと」そういうのは勘弁《かんべん》。

「言ってることがよく分かんないよ！」

まったくもー！　と頰《ほお》を膨《ふく》らませながら立ち上がる正統派ヒロインちゃん。

尚《なお》もパンを口に咥えたままだった。

「ていうか何？　パン食べながら走って登校するって。ヒロイン気取《きど》りも甚《はなは》だしいわ」

「鏡見てから言ってほしいな‼」

鏡を見た。

「うん、今日もあたし可愛《かわい》い☆」

「そういう意味じゃないよ‼」

「ともかくヒロインの座はあたしがもらうから。正統派ヒロイン気取っても無駄《むだ》だから！」

「何で私、ぶつかった挙《あ》げ句《く》に因縁《いんねん》つけられてるの……？」

ヒロインとか別に興味ないよ……とため息を漏らす正統派ヒロインちゃん。

「ところであなた、名前は？」

別に興味はないけど、一応、名前くらいは覚えておいてあげる。

あたしを出し抜こうとしたライバルとしてね！

彼女は額《ひたい》をさすりながら答えたわ。

「私の名前はナナ。あなたは？」

お名前を聞かれたら答えるのが礼儀《れいぎ》。

ライバルであったとしてもそれは変わらない。

いえ、むしろライバルだからこそ、引導《いんどう》を渡すためにもきっちり言わねばならないわね！

だからあたしは、言ったの！

「誰だこのクソみてえな女はああああああああああああああ!!」

声を大にして言ったユカだった。

何だこの回想!!

「せっかくいいところだったのに」口を尖《とが》らせるのはシノ。

「変な回想入れんなや!!」

「確か二人の出会いってこんな感じじゃなかったかしら」

「微塵《みじん》も合ってねえよ!!」

曲がり角でぶつかるなんてありがちな出会い方をした覚えはない。

というか誰だこの回想の女。

色々とツッコミどころだらけな回想だった。

「そもそも今のはあたしが回想言う流れだったじゃん……」

何でお前が言ってんの、と呆《あき》れるユカ。

シノは「ふふふふふ」と笑いながら答える。

「最近、悪ふざけを覚えたの」

「それが何か」

「やらずにはいられない」

「自制しろや!!」

「なんかいい感じの話がはじまりそうな雰囲気《ふんいき》だったから一旦《いったん》空気を変えようと思って」

「あたしとナナの出会いに感動的な要素は皆無《かいむ》だってさっきも言ったろ」

「……と言いつつ？」

「皆無だよ‼」

ユカはお耳に手を当てているシノにはっきり断言《だんげん》する。「そもそもナナの性格からして感動的な出会いなんてしそうにねえだろ」

「それは確かに」

「だろ？」

「ところでそろそろ二人の出会いを話してもらえる？　なんだか話が脱線《だっせん》してるわ」

「脱線させたのはお前だけどな‼」

二人の話を聞きたいと言い出したのはシノなのに。

呆れながらもユカは再び口を開く。

「……じゃあ今度こそちゃんと聞いておけよ？」

「期待大」

身を乗り出すシノ。

そしてユカは再び自らの記憶《きおく》を辿《たど》る。

それは遡ること一年と少し前。

ユカが高校一年になったばかりの頃のことだった――。

「ヒロインの座は譲《ゆず》らないぞ☆」

――曲がり角で出会って以来、あたしとナナは何かにつけて争うようになった。

クラス委員の座が空《あ》けばお互いに取り合い――

「あ。クラス委員ね、ユカちと私の二人でやることになったって！　よろしくねー」

「…………」

イケメンの男子が現れれば二人で取り合い――

「あのイケメンくん彼女いるらしいよー」

「…………」

時には意見がすれ違《ちが》い、学校帰りに河原《かわら》で殴《なぐ》り合ったり――

「星が綺麗だねー、ユカち」

「…………」

結局一年と少しの間。

正統派ヒロインの座を狙《ねら》っていたはずなのに、ずっと隣《となり》にいたのはただの女子高生。本来の望みとはまったく違う結果になっていた。

それなのに、不思議とあたしは嫌《いや》な気持ちを抱《いだ》いてはいなかった。

「ユカちー！　帰ろーー！」

こちらに手を振り笑うナナ。

本当に不思議。

嫌な気持ちを抱くどころか、いつの間にかナナと一緒《いっしょ》の時間を過ごすことを楽しく感じている自分がいたから。

「どうかしたの？　ユカち」

綺麗な夜空を背に首をかしげるナナ。

見つめ合う。

ひとたび胸から溢《あふ》れた思いは、止まることはなかった。

きっとあたしがなりたかったのは、正統派ヒロインなんかじゃなく——もっと別のもの。

だからあたしは、ナナをまっすぐ見つめながら。

言った。

「だから誰なんだよこの女はあああああああああああ!!」

とてもとても声を大にして言った。

またこの回想ですか？

「感動のエンディング」ぱちぱちぱちぱちと手を叩《たた》くシノ。

「二度も変な回想入れんなや!!」

「さっきの回想の続きをやらねばならないというクリエイター魂《だましい》に火がついたの」

「この回想から今のあたしたちの関係になるまでには死ぬほど深い溝《みぞ》がある気がしてならないんだが」

明らかに関係性が違いすぎるというかただの他人同士のやり取りを見せられているかのようだった。

「それはさておきまた脱線してるわよ」

「今回もお前のせいだけどな‼」

いい加減《かげん》に昔話をさせろ。

「私の回想を超えてくることはできるかしら」無表情ながらもどことなく自慢《じまん》げなシノ。

「捏造《ねつぞう》した記憶と張り合わせんな‼」

そもそも張り合うものでもない。

一年と少し前。

ユカとナナの出会いは、特別でも何でもなく、けれど唐突《とうとつ》に起こった事故のようなものだった。

「じゃあ、今度こそ話すぞ」

ユカはそれから息を整え。

相変わらず「むにゃむにゃ」と心地よさそうに寝言を言っているナナの傍《そば》で、思い出す。

出会った当初の物語を。

▽

「つまんねえ」

教師が並べるお経《きょう》みたいな説明を聞き流しながら窓際《まどぎわ》の席で外を眺める。

入学当初のあたしがよくしていたことだ。

別に窓の外の景観《けいかん》が特別美しかったわけじゃない。

桜《さくら》が揺《ゆ》れても心は揺れず、蝶《ちょう》が舞《ま》っても心は舞わず、かといって気持ちが沈《しず》んでるわけでもない。

外の景色は退屈《たいくつ》だった。

それ以上に授業が退屈だっただけだ。

(……とっとと終わんねえかな)

当時のあたしにとって、高校なんざただの時間つぶしの場でしかなかった。

ただ言われた通りに椅子《いす》に座り、表面上はまともな生徒の一人として振る舞っていたにすぎない。

(次の配信、何やろっかな)

頭の中はいつでも別のことでいっぱいだった——何を考えていたのかはシノには伏《ふ》せるけど、ともかく当時のあたしは、特に目的もなく、ただ世間体《せけんてい》のために高校に通っていたようなものだった。

あたしには学校とは別に居場所があったし。

本音《ほんね》を言えばそっちの活動の方が楽しかったし、やりがいもあった。

(このままいけばチャンネル登録者十万人も夢じゃない……。とっとと配信しなきゃ……)

高校一年当初は配信業——もちろんこれもシノには伏せるけれども——ＶＴｕｂｅｒとしての活動が軌道《きどう》に乗り始めた直後。

意識はいつもそっちに向いていた。

分かりやすく言うなら学校のことなんてどうでもいいとさえ思っていた。あたしが本来《ほんらい》やりたいのは配信の仕事だし、将来もその方面に舵《かじ》を切ることになるだろうし。

学校生活なんて一時凌《いちじしの》ぎの腰掛《こしか》けにすぎない。

「ねえ天城《あまぎ》さん。今日これからみんなでカラオケ行くんだけど、どう?」

だから同級生からそんな風に声をかけられても、あたしは首を横に振っていた。

「ごめん、今日予定があるから」

いつものことだ。

「そっか……」

同級生の女子はあっさり引き下がり、後ろに控《ひか》えていた仲間たちの元へと戻る。

様子を窺っていた彼女たちは、あたしが断ったことを知ると、肩をすくめてため息をついた。

「来ないって?」『やっぱりね』『だろうと思った」

付き合い悪いよね――誰かが言った。

いつものことだ。

学校ではいつも気怠《けだる》げで、一人で過ごしてばかり。人に誘われても頷くことはほとんどない。

周りの生徒たちからみればあたしはきっとひどくつまらない人間に見えたことだと思う。

けれど別にどうだっていい。

「――みんなー! 今日もありがとー!」

あたしには別の居場所があるし。

学校だけが居場所の他の生徒たちとは違うから。

他の生徒たちの会話に混じるような気にもなれなかった。

窓の外を眺めるあたしの側《そば》で交わされる会話はいつだって大して変わらなかった。

「ねえねえ！　これ見てみて！」「あははははは！　ウケる！」

大して面白くもない動画を一緒に眺めて笑い合ったり。

「ねえ、聞いた？　あの子、最近彼氏と別れたらしいよ。フラれたんだって――」

仲のよい同級生の不幸をこっそり陰《かげ》で喜んだり。

「聞いてよぉ……昨日先生がさぁ――」

この世の終わりみたいに肩を落としながら教師から説教をされた話を愚痴《ぐち》る生徒がいたり。

「やばっ！　課題まだやってないんだけど！」

やるべき課題を忘れていたくらいで国の一大事《いちだいじ》みたいに騒《さわ》ぎ立てる生徒がいたり。

見渡す限りがいつもそう。

まるで自分の見える範囲だけが世界のすべてかのように話す生徒ばかり。

だからあたしは小さな箱庭《はこにわ》の中でしか生きることができない同級生たちのことを心底見下《しんそこみくだ》していた。

こんな会話に混ざったところで配信のネタにもなりはしねえ。

時間の無駄《むだ》。馬鹿《ばか》馬鹿しい。

ますますあたしは思った。

「つまんねぇ」

だからますます、あたしは同級生の連中《れんちゅう》とは絡《から》まなくなっていった。

もはや最後に同級生と話したのがいつのことだったかすら忘れるほどに、学校生活というものが退屈で仕方なかった。

そんな日々の最中のことだ。

「へいへい！」

放課後、いつものように配信の準備のためにそそくさと荷物をまとめて廊下《ろうか》に出た直後。

ぺちん！　とあたしの肩を叩く女子生徒が一人いた。

「……はあ？」

唐突なことにあたしは戸惑《とまど》いながら振り返る。

髪は茶髪、肩にかかる程度のショートカット。活発《かっぱつ》そうな顔立《かおだ》ち。背丈《せたけ》はあたしよりも低め。こちらを見上げる顔はなぜだか期待と自信に満ちている。

しかし教室内で見た覚えはない。

隣のクラスの生徒だろうか。

「……何？」

首をかしげるあたし。

そいつはむふんと胸を張りつつ言った。

「久しぶり！　元気してた？」

などと。

騒がしい奴《やつ》、変な奴。

ナナはこうして突然、旧知《きゅうち》の仲みてえな面《つら》しながらあたしの目の前に現れた。

▽

正直あたしはめちゃくちゃ戸惑った。

「……久しぶりって何？」

目の前にいるのは同級生。

なのだけれど、同じクラスで見たことはない。というか久しぶりと言い合うような間柄《あいだがら》の生徒はあたしの身の回りにはいない。

誰かと勘違《かんちが》いしてねえ？

「へいへい、メイちゃん。ちょっと見ないうちに私のこと忘れちゃったのー？　私だよ、私」

「誰だよ」

「誰だと思う？」

「いやほんと誰だよ!!」

面倒臭《めんどうくさ》い恋人みたいな反応するんじゃねえ！

そもそもあたしはメイちゃんなんて名前じゃねえし、どこからどう見ても初対面《しょたいめん》。

「ナナだよ、ナナ」

なんて胸を張りつつ言われてもやっぱり聞き覚えはない。

名前を名乗りながらも、「どう？　思い出したかなー？」とドヤ顔を浮かべるナナ。

あたしは、

「思い出すも何も人違いなんだが」

と首を振る。隣のクラスに友達はいない。

何なら同じクラスにもいないけどな。

「こんな可愛い女子高生の顔を忘れるだなんて……記憶喪失《きおくそうしつ》？」

「いや忘れたんじゃなくてそもそも人違いなんだってば」

こいつ全然人の話聞かねえな。

「まあ私を忘れたことはとりあえずどうでもいいんだけど」

「それは本当にどうでもいいで済《す》ませていい問題なのか……？」

「ところでメイちゃんこれから暇《ひま》かな？」

「暇じゃねえけど」

「これから家庭科室に来てくれない？　新しく同好会を開くって話したでしょ？」

「されてねえけど」

「え？　お話ししてなかったっけ？」

「そもそもあたしはメイちゃんじゃないし」

「まあ細《こま》かいことはどうでもいいや。とりあえず来て？」

「ちょっとは人の話聞けや‼」

会話が一方通行すぎるだろうが‼

突っ込むあたし。

そしてナナはそれからあたしを連れて家庭科室までやってきた。

「いや何でだよ‼」

道中《どうちゅう》で何度も「人違いだってば」「メイちゃんじゃないって」「ていうかマジで誰だよメイちゃんって」と語りかけたが全部無駄だった。

こいつの耳は飾《かざ》りか？

「へいへい、シノちゃん！　メイちゃんが来てくれたよ！」

拉致《らち》されただけだけど。

ていうかあたしこれから用事あるんだけど。

……などと横で突っ込んだがもちろん無視された。

「そう」

家庭科室の中でナナとメイちゃんとやらを待っていたのは黒髪《くろかみ》ロングの女子生徒。線は細く、こちらを見つめる表情は乏《とぼ》しい。

言い換《か》えると何を考えているのか読み取りづらい。

「シノちゃんもメイちゃんとはお久しぶりだよね！」

太陽のように微笑《ほほえ》むナナ。

するとシノはゆっくりと立ち上がり、あたしの前までやってきたのち。

ぺこりと首《こうべ》を垂《た》れて、言った。

「初めまして」

「初めましてって言ってるけど⁉」

「どなた？」

「どなたって聞かれてるけど⁉」

やっぱり初対面じゃねえか‼

「メイちゃんも来てくれたことだし、これでお料理研究同好会のメンツが揃《そろ》ったね！　シノちゃん！」

「話聞けや‼」

初対面だって言ってるだろうが‼

「ごめんなさい。ナナは人の話を聞かないの」フラットな表情のままシノはあたしに謝った。

「だろうな‼」

「これがナナの長所であり短所……」

「短所でしかないだろ‼」

こっちは無理やり連行されてるんだが。

……ていうかお料理研究同好会って何？

「おっとメイちゃん。お料理研究同好会が何か知りたがっている顔をしてるね！」

「それ以外にも疑問は多々《たた》あるけどな」

ため息をつくあたし。

「ふっふっふ。ではお料理研究同好会とは何か――教えてしんぜよう！」

がらがらがら。

どこからともなくホワイトボードを持ってくるナナ。

『お料理研究同好会とは何か？』

きゅきゅっと描《えが》きながら、ナナは言う。

「お料理を作ったり、食べたりしたりする同好会です！　ちなみにお料理シーンは動画にしてYouTubeにアップしたりするよ！」

以上。

…………。

ホワイトボード持ってきた意味なくね？

「動画に出まくってちやほやされるんだ……」頬に手を添《そ》えだらしなく顔を綻《ほころ》ばせるナナ。

「ちなみに私は食べる専門」横で挙手《きょしゅ》するシノ。

「まともに活動しない同好会だってことだけはよく分かったわ」

がらがらがら。

特に意味もなく引っ張り出されたホワイトボードが撤収《てっしゅう》される。

代わりにナナは紙切れ一枚を持って再びあたしの前に立つ。

「まあ細かいことはさておき、とりあえず申請《しんせい》のために名前書いてくれるかな？　メイちゃん」

「いや、だからあたしはメイちゃんじゃねえんだってば……」

何回言っても全然話聞かねえなこいつ……。

呆れながらナナの手元に視線を落とす。

『同好会　活動申請書』

と題された紙には、『お料理研究同好会』の名と、今しがた語ったような活動内容がざっくりと綴《つづ》られていた。

「これ出さないと同好会として認めてもらえないいんだって」

活動を学校に認めてもらうためには、最低でも三名いなければいけないらしい。

森永奈々《もりながなな》。

浅海紫乃《あさみしの》。

既《すで》に二人の名前は綴ってあり、申請までに必要なのはあと一人。

それでメイちゃんとやらに声をかけたのだろう。

「何度も言うけど、あたしはメイちゃんじゃねえから」

がらがらがら。

あたしは特に意味もなく撤収させられたホワイトボードを再び引き摺《ず》り出す。

そのうえで綴ってやった。

『天城結花《ゆか》』

これがあたしの名前だ。

「ご覧の通り、お前らの知り合いの子とは全然違うだろ」

「……ふむむ」

真剣《しんけん》な眼差《まなざ》しでナナはあたしの名前を見つめる。

ここまではっきり書いてやれば勘違いにも気づくことだろう。

気づくよな？

「……ふむむむ」

ナナはそれからホワイトボードに綴られたあたしの名前を見つめ。

同好会の活動申請書にそっくりそのまま書いた。

「よしっ！　これでいいね！」

……。

……んん？

「何であたしの名前書いてんの？」

「じゃあこれからお料理研究同好会の仲間としてよろしくね？」

「いやよろしくじゃないんだが？」

何してんのお前？

あたしはナナの手から活動申請書を奪《うば》い取る。

「言っとくけどあたし、どの部にも所属する気はねえから」

勝手に書かれた名前は消させてもらおう。

「あああーっ!!　ダメダメ!!　消さないでえええええええええっ!!」

消しゴムを手に取ったあたしに無理やり抱《だ》きつくナナ。

「抱きつくなや!!」

暑苦しい！

「お願い！　名前貸してくれるだけでもいいから！　協力して！　ユカち！」

「急にあだ名で呼ぶなや!!」

「私に連れられてここまで来てくれたのならもう友達みたいなもんじゃん？」

「帰る」

あたしは歩き出す。

「やだあああああああああああああああああああっ!!」

そしてナナはあたしのお腹《なか》周りに抱きつき引き摺《ず》られたまま叫《さけ》ぶ。

……鬱陶《うっとう》しい!!

「ていうか人数足りないならメイちゃんとやらに協力してもらえや!!」

「それは無理」突っ込むあたしにゆっくり首を振るのはシノ。「そもそもメイはこの学校にはいないわ」

この学校にはいない？

「他の学校に行った同級生ってことか？」あたしそんな奴と間違《まちが》えられたの？

「いいえ」

それからシノは再び口を開き、言った。

「そもそもメイはまだ中学三年」

「高校生ですらないのかよ!!」

「ちなみに外見は結構可愛くてスタイルもよくて、口癖《くちぐせ》が『あたし世界一可愛い☆』だったわ」

「あたしそんな奴と間違えられたの⁉」

めちゃくちゃ痛々《いたいた》しい奴じゃねえか。

「どこからどう見ても全然似てない子を連れてきたから驚《おどろ》いたわ」と言う割には相変わらずシノはフラットな表情のままだった。

というか。

「知らねえ相手だと知りつつよく強引《ごういん》に連れてこれたな」相変わらず抱きついてるナナを見下ろしながら、あたしはため息をついた。

「私って分け隔《へだ》てなく接するタイプの女子高生だから」

「分け隔てなさ過ぎだろ!!」

「それがナナの長所であり短所」頷くシノ。

「ちなみにこの前は知らない人とお父さんを間違えて知らない人の家に帰るところだったよ」

「短所の部分がでかすぎるだろ!!」

「まあ、そもそもユカちがメイちゃんじゃないって途中《とちゅう》から気づいてたけどね……」

気まずそうに目を逸《そ》らすナナ。

いつの間にかあだ名が定着してる……。

「どのあたりで気づいたんだよ」

「えっとね、教室から廊下に出てきたユカちに『へいへい！』って声をかけたあたりかな」

「最初の最初じゃねえか!!」

「そのあと『あれ？　そういえばメイちゃんってまだ中学生じゃない？』って気づいたの」

「お前すごい馬鹿だな」

「でもすぐに『あれれ？　でも結構可愛いしこの子でもよくない？』って思ったの」

「お前すごい適当だな」

「そんなわけでユカち、一緒に同好会やろ？」

「嫌だけど」

「え⁉　やってくれるの？　ありがとう!!」

「お前どこまでも話聞かねえな!!」

強引にそのまま押し切る気満々じゃねえか。

「ちなみに頷いてくれるまで一生このままくっつくつもりだよ」

「へえ。じゃああたしが風呂入るときもトイレ行く時もこのままでいるつもりか？」

するとナナは途端《とたん》に赤面《せきめん》してもじもじとしながら、あたしに上目遣い。

「ちょ、ちょっと恥ずかしいけど……。ユカちがそれを望むなら……、いいよ……」

「マジっぽい反応すんな!!」

このままずっと腰にくっつけて生活するつもりは毛頭《もうとう》ない。

とはいえ断ったままではずっと付き纏われるような気もする。

(まったく……どうするかな)

あたしは大きくため息をつきながら、少し考える。

このままナナを引き剝《は》がして帰ることも不可能ではない。

ではそうなった場合のことを頭でシミュレートしてみよう。


「へいへいユカち!」

休み時間につきまとうナナ。

「同好会に入ってくれる?」

放課後もつきまとうナナ。

「おねがいおねがぃ! 入ってよぉ!」

通学路にもつきまとうナナ。

なるほどなるほど。

(……入るまで一生解放してくれなそう)

ともするとここで拒絶《きょぜつ》をするほうが大変かもしれない。

つまり出会った時点で観念《かんねん》して頷く以外の選択肢《せんたくし》がないということでもある。

事故みてえなもんだろう。

あたしはため息を漏らす。

「……名前を貸すだけだからな」

結局、折れることにした。

部に所属するつもりはなかったけれど——名前を貸すだけならば、あたしにとっても悪い話ばかりじゃない。

部や同好会に所属していないとクラスの面倒ごとを押し付けられがちだし。他の部からの勧誘《かんゆう》もしつこく来るし。

名前だけでもお料理研究同好会に所属していれば面倒ごとを跳《は》ね除《の》けるための理由にもなるだろう。

「ありがとうユカち！」

わーい、とナナはあたしに抱きついたまま頬をお腹《なか》にすりつける。

「やめろやっ!!」恥ずかしい。

頭を摑《つか》んで引き剝がす。

ついでに活動申請書も返してやった。もちろん名前は消していない。

ナナとシノ。その後ろにあたしの名前もきっちり残したまま。

「わあ……申請書だぁ」申請書を取り戻したナナはにこにこしながらあたしを見つめる。

ご満悦《まんえつ》のようでなにより。

「じゃあもうあたしは帰るから」

提出《ていしゅつ》するなり何なり好きにしな。

と言いながら、帰るために踵《きびす》を返す。

直後だった。

「じゃあまた明日！」「また明日」

なぜか手を振る二人。

「え？　いや、明日からはもう会わないと思うけど」

何言ってんの？　とあたしは首をかしげる。

すると二人は顔を見合わせ。

「……？」「……？」

「いや揃いも揃って不思議そうな顔すんなや!!」

あたしは別に活動しないからな！

今回は名前貸しただけだからな！

マジであたしは活動しねえから！

などと。

あたしは新手《あらて》のツンデレみたいなことを改めて言いながら、その日は家庭科室を後にした。

そして翌日。

放課後。

いつものように配信の準備のためにそそくさと荷物をまとめて廊下に出た直後。

「へいへい、ユカち！　家庭科室行こ？」『昨日ぶり」

ぺちん！　とあたしの肩を叩く女子生徒が一人。

それとひらひらと手を振る女子生徒も一人。

ナナとシノの二人だった。

んん？

「名前貸すだけって話じゃなかったか？」

話違くない？　あたしは首をかしげる。

すると二人は顔を見合わせ。

「……？」『……？」

「不思議そうな顔すんな‼」

結局それからあたしの日常は大きく変わっていった。

ナナは学校であたしを見かける度《たび》に話しかけてきた。

「へいユカち！　おはよ！」「今日も不機嫌《ふきげん》そうだね！」「お昼っていつもどうしてるの？　一緒に食べようよ！」『今日も活動くるよね？」『くるよね？」『くるね？」

あたし一人で過ごしていた学園生活の中に、ナナはシノを連れて勝手に入り込んできた。

「まったく……」

変なやつ――なんてあたしはいつも肩をすくめていた。

それでもナナに引かれる手をはっきりと拒《こば》むことは一度もなかった。

自分でもなぜ拒まなかったのかは分からない。最初は名前を貸すだけだと言って譲らなかったのに。

結局それからいつの間にか休み時間は一緒に過ごすことが多くなり。

昼休みも当然のごとく机を合わせるようになり。

あたしは呼ばれなくても家庭科室に入《い》り浸《びた》るようになっていた。

「へいへいユカち！　今日も元気そうじゃないですか」

「お前もな」

気がつけば、二人と一緒にいるのがあたしの日常になっていた。

そして夏が過ぎ、秋を越え、年が明けて三学期。

いよいよ高校生活一年目の終わりが見えてきた頃のことだった。

「なんか最近の天城さん、変わったよね」

休み時間に同じクラスの女子があたしに笑いかけてきた。

変わった？

「そうかな」

別に前と何も変わってないと思うけど、とあたしは首をかしげながら、鏡の代わりに窓を見る。

気付かぬうちに痩《や》せ細っている桜の木。その近くに映り込むあたしの姿はいつも通りに見える。

身なりも別に派手《はで》になってないし、太ったわけでもないはず。

どこが変わったんだ？

「前よりも表情が柔《やわ》らかくなったよ」窓に映るあたしの後ろで、同級生の女子は笑う。

「そうか……？」

あんまり自覚ないけど。

「入学当初はもっとこう……顔がつんつんしてたし。私たちの方なんて見てくれなかったでしょ」

「そんなことねぇよ」

苦笑しながらあたしは入学当初の自分自身を振り返る。

窓際の席。

いつも外を眺めながら、あたしは呟《つぶや》いていた。

――つまんねぇ。

最後に同じ言葉を吐《は》いたのはいつのことだっただろう。入学当初がはるか昔のことのように思えるほどに、結局あたしは学園生活を楽しんでいたらしい。

「私は今の天城さんのほうが好きかな」

入学当初には決して見ることが出来なかった同級生の表情が、すぐそばにはあった。

「……そっか」

「うんっ」

入学当初のあたしは大きな思い違いをしていたらしい。

時間の無駄。馬鹿馬鹿しい。

配信の世界で過ごしていたあたしは、小さな箱庭でしか生きることができない同級生たちのことをそんな風に心底《しんそこ》見下していた。

けれど本当は違う。

あたしには配信の世界に居場所があったんじゃない。

そこにしか居場所がなかっただけだ。

つまらないと感じていた原因は、ここにあたしの居場所がなかったからだ。

「そういえば今日さ、みんなでカラオケ行くんだけど、よかったらどう？」

入学当初と同じように、同級生の女子はあたしに尋《たず》ねる。

「……あー」

あたしの雰囲気が変わったから、ひょっとしたら一緒に来てくれるかもと期待させてしまったのかもしれない。

けれどあたしの周りの環境や見え方が変わっても、やっぱりあたし自身の生活は変わってない。

今日も視聴者《しちょうしゃ》たちがあたしの配信を待っている。

やるべきことは昔と変わってない。

だからあたしは首を振る。

「ごめん、今日予定あるから」

だから続けて、言った。

「途中で抜けるけど、それでもいい？」

「！　うんっ！」

同級生の女子は嬉《うれ》しそうに何度も頷き、それから「早く行こう！」と荷物をまとめる。

ナナにＬＩＮＥで『今日は友達とカラオケ行く』と打ってから、あたしたちは教室を出た。

返信は速攻《そっこう》で来た。

『お土産《みやげ》よろしくね！』

カラオケでお土産って何だよ——苦笑しながら、あたしは最後に再び振り返る。

小さな教室から見える窓の外。

とうの昔に見飽《みあ》きたはずの景観は、なぜだか不思議と綺麗に見えた。


そして二度目の春が来る。

「へいへいユカち！」

新しい教室の中で、いつものようにナナはあたしに手を上げる。

「今日も元気そうじゃないですか」

同じクラスになってもナナは相変わらずだった。

だからあたしはいつものように笑いながら答える。

「お前もな」

▽

要所要所を端折《はしょ》りながら語った昔話。

あたしが一通《ひととお》り語り終えたところで、シノは首をかしげる。

「それで結局、一年の頃からやってる活動って何なの」

「一番最初に気にするところそこかよ」

あたし結構色々話した気がするんだけど。

「露骨《ろこつ》に伏せていたから気になるわ」

「そこは……まあ、別に言わなくてもいいだろ」

「そんなに言いたくないことなの」

「いや言いたくないっていうか……」

あたしは顔を背《そむ》ける。

さすがにVTuberやってますと正面切って話すのは恥ずかしい。

「あやしい」

「ま、まあ……あたしにも胸に秘めてる秘密が一つや二つあるもんなんだよ」

「いやらしい」

「秘密をいかがわしいことに限定するな!!」

「過去を赤裸々《せきらら》に語ったのだし今更《いまさら》恥ずかしがるようなこともないと思うけど」

「……まあそれとこれとは話が別ってことだよ」

顔を逸らすあたし。

「そう」

シノは必要以上に詮索《せんさく》することはしなかった。

「ユカちにも、人に言えない恥ずかしい秘密があるんだねぇ……」

そして横でナナが感慨《かんがい》深そうに頷いていた。「私も最近までASMRの趣味を秘密にしてたから気持ち分かるよ！」

「一緒にしないでくれ……」

謎《なぞ》の自信に満ちた顔をするナナにあたしはため息で応《こた》えていた。

ていうか。

「お前いつの間に起きたんだよ」ずっと寝てたじゃねえか。

「ふふふ。ユカち、舐《な》めてもらっては困るね！　実は結構前から起きてたよ！」

「どこから？」

「ユカちが窓の外を眺めながら『つまんねえ……』ってかっこつけてる回想を始めたあたりかな」

「最初の最初じゃねえか!!」

回想始まってからずっと寝たふりしてたのお前？

あたしお前に聞かれてないと思って色々と話してたんだけど？

「いやぁでも懐かしいねぇ……、私たちってもう出会って一年になるんだねぇ」

窓の外に目を向けながら黄昏《たそが》れるナナ。

「……そうだな」

頷きながらもあたしの顔に熱が集まるのを感じていた。

夕日を眺めているせいなのか、それとも聞かれたくない相手の耳にあたしの本音が伝わってしまったからだろうか。

「ユカち」

「……何だよ」

目を逸らしながら、あたしはぶっきらぼうに答えていた。

本音で言えば強引に話しかけてくれたナナに、感謝している。

学園生活がそれなりに充実《じゅうじつ》しているのは、紛《まぎ》れもなくナナと一緒にいるからだ。

……なんて思いが本人に伝わるのは、正直耐《た》えがたいほど恥ずかしい。

「さっきユカち話してたことなんだけどさ」

「……ああ」顔を逸らしたまま、あたしは頷く。

何を言われるのだろうか。

どんな言葉をかけられたとしても、あたしはきっと照れ臭くてたまらなくなるに違いない。

唇《くちびる》を軽く噛《か》みながら、あたしはナナの言葉を待つ。

「私ね――」

そしてナナは、いつものように笑いながら。

言った。

「――起きてはいたけど正直まったく話聞いてなかったからユカちが話してた内容ぜんぜん覚えてないんだよね」

「相変わらずだなお前‼」

「何の話だったっけ？」

「話聞けや‼」

いや今回に限っては聞かれてなかったのは逆によかったけれど！

こいつ一年前から何ひとつ変わってねえ……！

「というわけでもう一回最初から話してくれない？　私のために！」

「絶対にやだ」

「お願い！」

「やだ」

「話してくれたらなんでも言うこと一つ聞いてあげる」

「つまんねえ――教師が並べるお経みたいな説明を聞き流しながら窓際の席で外を眺める。入学当初のあたしがよくしていたことだ。別に窓の外の景観が特別美しかったわけじゃない。桜が揺れても心は揺れず、蝶が舞っても心は舞わず、かといって――」

「再演すんなや‼」

シノの口を押さえて無理やり閉ざすあたし。

ていうか何で一言一句《いちごんいっく》間違えずに繰り返してんの？

「なぜなら私は天才」

あたしの手の中でシノはもごもごしながらキリッとした顔を浮かべていた。

こんな無駄なところで才能を発揮しないでくれ……。

「もう遅《おそ》いし、長話もう一回すんのはちょっとダルいし勘弁《かんべん》してくれ」あたしは言いながら窓を見る。

既に陽は消え失せて、空は細々と星が瞬《またた》いている。

思い出話に随分《ずいぶん》と時間がかかってしまったらしい。

「話してユカち！」

一方でナナは相変わらずこちらの話を聞くことはない。

むふんと胸を張りながら言った。

「ユカちが話してくれるまで帰らないつもりだよ！」

「そっか。じゃああたしたちはもう帰るから」

「戸締《とじ》まりよろしく」

がらがらがら。

あたしとシノはそそくさと家庭科室を後にした。

「ああああああああああああああっ!!　待ってええええええええええええええええ!!」

そしてばたばたと後をついてくるナナ。

あたしとシノは笑って迎えたのちに、三人揃って家路《いえじ》についた。

綺麗な夜空のもとを楽しそうにナナが歩く。

あたしとシノはその背中を眺めながら、二人並んで追いかける。

入学当初はこんな日々を送ることになるだなんて考えもしなかった。

高校生活なんてただの腰掛けとしか思っていなかったし、友達作りなんかもくだらねえと思っていたし。

「ユカち！　シノちゃん！　今日どっか食べに行く？　ラーメン屋とかどうかな！」

目の前にあるのは本来の予定とはまったく違う学園生活。

ナナとシノのおかげで退屈しない、学園生活。

「…………」

二人には感謝してもしきれないくらいに、あたしの毎日は充実していた。

「？　どうかしたの？　ユカち」

あたしの視線に気づいて、首をかしげるナナ。

瞬く星を背に、見つめ合う。

それからあたしは言った。

「別に何でもねえよ」

顔を逸らして誤魔化《ごまか》すあたし。

恥ずかしいし、言ったら調子に乗りそうだし、言いたくねえ。

だから胸にささやかな秘密を抱いて、あたしは毎日を過ごす。

「言ってよー！」

「言わねえ」

あたしの腕を引っ張りながら駄々《だだ》をこねる子供のようなナナ。あたしは鼻で笑いながら、シノと並んで夜道を歩く。

二人と共に、これからも退屈のない日々が続いてゆく。


「ところでナナを見ながら何を考えてたの、ユカ」

「べつに何でもねえよ」

「いやらしいこと考えてたのね」

「考えてねえよ!!」

「ゆ、ユカち……もうっ！　人前でそういうのはダメって言ったでしょ……?」

「考えてねえって言ってんだろ!!」

これからもずっと、続いてゆく。

あとがき

大体月に一回のペースで僕は髪《かみ》を切りに行く。いつものお店に、いつもの時間に予約して、大体「いかがなさいますかー?」と後ろから声かけられつつ「あ、いつもので」と答えて一月前と同じ姿に戻される。

いつもので、と通じるようになるまでにはそれなりの時間と出会いが必要になる。僕も今担当してくれているお兄さんと出会うまでは、ＹｏｕＴｕｂｅでアニメを違法視聴している人とか、「白石《しらいし》さん、本当にいいパーマってどういうパーマかわかります? セットしなくてもよいパーマのことなんすよ……」と言いつつ「今日セットしていきます?」と聞いてくる人だったり、「ふへ……白石さんって……いい形のつむじしてますね……」と言ってくる人だったり、羅列《られつ》すると枚挙《まいきょ》にいとまがないほど美容院を替えてきた。

引っ越しをする度《たび》にこうして美容師を探すところから始めなければいけないため、できることなら今後も今の美容師にお願いしたい限りですね。

というわけで、そんな流れで僕は十月某日《ぼうじつ》にいつものように同じ人を予約して、美容院へと赴《おもむ》いた。僕の担当美容師さんは俳優の及川光博《おいかわみつひろ》さんのような爽《さわ》やかな感じの男性で、明るく、趣味《しゅみ》も合うので今月もいつものような雑談を楽しみにしていた。

そうこうしているうちに店に着く。

僕は扉を開けた。

「いらっしゃいませ」

――しかしそこにいたのは後ろで一つに髪を結んだ男だった。

…………。

誰？

「あ、及川《おいかわ》（仮称《かしょう》）です」

ミッチー……。

一体僕と会わない間の一ヶ月に何があったのかは定かではないが、知らぬうちにミッチーは『進撃《しんげき》の巨人《きょじん》』終盤のエレンみたいな髪型になっていた。このまえ行った鰻屋《うなぎや》さんの店主も同じ髪型してたんですけど最近流行《はや》ってるんですか？

「今日はいかがなさいますか？」僕を座らせて耳元《みみもと》で囁《ささや》くミッチー。

こんな状態で「オレがこの世を終わらせてやるから力を貸せよ……」みたいなことを言われたら従ってしまうかもしれない。

そうしてエレン化したミッチーによって僕はいつもの髪型もとい真《ま》ん中分《なかわ》けの普通の髪型に整えてもらった。分かりやすく言うと序盤のエレンみたいな髪型になった。こうしてエレンがエレンの髪を切った。道は繋《つな》がっている。

ライトノベル作家としてデビューをして大体七年ほどの歳月《さいげつ》が流れました。

これまでは主に『魔女の旅々』のような作品ばかりを書いていました。

実際のところ名前を出していないだけでソシャゲの仕事とかもちょこちょこやったりもしていましたけれども、主な業務内容としてはやはりイレイナさんたちを主軸としたシリアスだったり、シュール系だったり、少し感動できたり、大体なんかそういうところの作品がいつもメインにはありました。

それが僕のこれまでの七年間であり、言い換《か》えるなら『いつもの』の形。

もちろん『魔女の旅々』においての『いつもの』の形はこれからも変えることはないし、多分、機会を与えてもらえるのならばずっと『魔女の旅々』の世界観の物語を描いているかもしれません。

ありがたいことにこれまでの経歴の中で『魔女の旅々』ドラマCDのようなおふざけが中心のお話も評価をしてもらえていて、今回の『ナナがやらかす五秒前』も、編集さんから「こういうのも新作で描いてみれば？」という一声から始まりました。

ドラマCDは正直、主役の本渡《ほんど》さんをはじめとする名だたるキャストさんの超高い演技力《えんぎりょく》に頼りまくって脚本《きゃくほん》を書いていたところがあるので、小説で同じようにコメディ全開の話をやるとなると少々勝手が違うので、僕にとっては『いつもの』から小説の解釈《かいしゃく》を大きく替えて書く必要があり、何度もお話をボツにしました。そんな紆余曲折《うよきょくせつ》あって完成した『ナナがやらかす五秒前』ですが、楽しんでもらえたらとても嬉《うれ》しいです。

願わくば「ナナがやらかす五秒前」も、美容師に行く習慣のようにとっての『いつもの』になってくれればなお嬉しいですね。じゃあ月一で新刊出すんかお前？　と言われると遠い目をせざるを得ないですけど。まあ月一と言わずとも続刊は出したくて出したくて仕方ないんですけどね！

いつも『魔女の旅々』のあとがきを描くときはここらへんで各話のコメントを書いたりするのですが、ナナかすに至っては少々話数が多すぎるというか明らかにあとがきのページ数に収まりそうにないので割愛《かつあい》させてください。ちなみに余談《よだん》ですが、僕はこれまであまりVtuberなるものをしっかり見たことがなかったので、今回の作品の勉強のためにたくさんVtuberさんの配信見ました。ユカがASMR配信やってる設定もこのとき見かけたVtuberさんが元ネタです。

ちなみにいかがわしいASMR配信の勉強のために数多のいかがわしいASMR配信を見た結果、僕のYouTubeのおすすめ欄がいかがわしい配信で埋め尽くされたことがありました。HIKAKINの動画を見始めたらおすすめが全部HIKAKINの変顔で埋め尽くされたこともあったので本当にYouTube君にはもう少しほどよい感じに動画のおすすめをしてもらいたいもんですね！

ちなみにどこかのあとがきで書いたような気がしますが、『ナナがやらかす五秒前』というタイトルは、とにかく主人公の一人のナナがトラブル起こすコメディという意味合いでつけたものでした。大抵の作品はタイトルと付随《ふずい》して略称《りゃくしょう》なんかも考えねばならないのですけれども、『ナナがやらかす五秒前』というタイトルからは略称がどうしても思いつかなくて、このタイトルにするかどうかは直前までかなり悩みました。というわけで飲み屋で編集さんと話しつつ、

「『ナナがやらかす五秒前』……ってタイトル、どうですかね……」と提案したところ、

「なるほどね。略称は「ナナかす」にする感じ？」

「そうですね僕も最初からその予定でした」

こんな流れで「ナナかす」という略称も決まったんですね。これ僕の手柄《てがら》にしてもいいですか。

メインキャラの三人は、トラブルメーカーのナナと、まともなツッコミ役のユカ。それから天然のシノの三名という形で進行することは結構初期の頃から決まってたんですけど、いざ書いてみるとユカも視聴者の耳と世の中を舐めてるＶｔｕｂｅｒになってたりしているのでもう本作にはまともな人間などいないという認識で大丈夫です。著者である僕だけがまともかもしれない。

本作では『魔女の旅々』のような作風では絶対にできないような馬鹿《ばか》な話がたくさんかけてとても楽しかったです。皆さんにおかれましても大体ＩＱ３くらいに落として気軽に読んでもらえたら嬉しいです。一話あたりめちゃくちゃ短いので漫画化とかしないかな……などとも思っています。ドラマＣＤも書きたいですね。欲望は尽きない……。

何はともあれ久々の新シリーズ――というよりそもそもこれまで書いてきた『魔女の旅々』も『祈りの国のリリエール』も結局のところは同一世界観の物語だったため、完全に新規の作品は今回が初かもしれません。

悪ふざけと冗談のみで作られたおふざけ全開の本作ですが、楽しんでもらえたら嬉しいです。

というわけで謝辞《しゃじ》に入りたいと思います！

編集ミウラーさん。

「ナナかす」の略称って僕が考えたことにしてもいいですか？

……冗談はさておき、デビューから本作に至るまで、七年間も苦楽《くらく》を共にしてくださりありがとうございます。これからも是非是非《ぜひぜひ》ともに走り続けることができれば嬉しいです。話は変わりますけど「ナナかす」の略称って僕が考えたことにしても大丈夫ですか？

92Mさん。

実はオファーを出すという段階になる前からTwitterで連載されている『近視の姉』シリーズを拝読《はいどく》させていただいていたので、本作でご一緒《いっしょ》できて滅茶苦茶《めちゃくちゃ》嬉しいです！　個人的にはシノの顔が好みです。

読者の皆さん。

本作を手にとってくださり本当にありがとうございます！　ところで話は変わりますが、この作品を本棚に置いたり、友達におすすめをしたり、保存用・布教用・観賞用に何冊も購入するといいことが起こるラッキーアイテムと化すそうですよ。ぜひお試しあれ！

というわけで長々と失礼しました。白石定規《じょうぎ》でした。

二巻を出せる機会があれば、そのときまたお会いしましょう。それでは！

GAノベル

ナナがやらかす五秒前《ごびょうまえ》

2023年3月31日　初版第一刷発行

著者　白石定規

発行人　小川 淳

発行所　SBクリエイティブ株式会社
〒106-0032　東京都港区六本木2-4-5
03-5549-1201　03-5549-1167（編集）

装丁　AFTERGLOW

印刷・製本　中央精版印刷株式会社

ISBN978-4-8156-1605-2
Printed in Japan

ファンレター、作品のご感想をお待ちしております。

〒106-0032　東京都港区六本木 2-4-5
SBクリエイティブ株式会社
GA文庫編集部 気付

「白石定規先生」係
「92M 先生」係

本書に関するご意見・ご感想は
下のQRコードよりお寄せください。
※アクセスの際に発生する通信費等はご負担ください。

https://ga.sbcr.jp/